华北抗日根据地及解放区文艺大系

陈 晋 郑恩兵 主编

《晋察冀日报》文艺文献全编

诗歌

第二卷

马春香 编

河北出版传媒集团

河北教育出版社

图书在版编目（CIP）数据

《晋察冀日报》文艺文献全编．诗歌．第二卷 ／ 马春香编．-- 石家庄：河北教育出版社，2023.12

（华北抗日根据地及解放区文艺大系 ／ 陈晋，郑恩兵主编）

ISBN 978-7-5545-7660-1

Ⅰ．①晋… Ⅱ．①马… Ⅲ．①文艺-作品综合集-世界-现代②诗集-中国-现代 Ⅳ．①I11 ②I226

中国国家版本馆CIP数据核字（2023）第064048号

书　　名	《晋察冀日报》文艺文献全编·诗歌·第二卷
	JINCHAJI RIBAO WENYI WENXIAN QUANBIAN SHIGE DI-ER JUAN
编　者	马春香
责任编辑	赵　磊　郑　敏
装帧设计	郝　旭
出　　版	河北出版传媒集团
	河北教育出版社　http://www.hbep.com
	（石家庄市联盟路705号，050061）
印　　制	石家庄众旺彩印有限公司
开　　本	787毫米×1092毫米　1/16
印　　张	21.75
字　　数	265千字
版　　次	2023年12月第1版
印　　次	2023年12月第1次印刷
书　　号	ISBN 978-7-5545-7660-1
定　　价	128.00元

版权所有，侵权必究

丛书编委会

顾　问
陈平原　刘跃进　王长华　李　扬

编委会主任
吕新斌

编委会副主任
彭建强　孟庆凯　刘　月

主　编
陈　晋　郑恩兵

副主编
董素山　向　回　汪雅瑛

编　委（按姓氏笔画排序）
马春香　王少军　田浩军　包来军　吉　喆　刘书芳　刘贵廷
关小彬　杨　程　杨春生　宋少净　张　辉　张川平　赵　华
高露洋　郭义强　阎晓宏　梁晓晓

编纂说明

在中国共产党百年发展历程中，文艺始终是党领导人民开展进步事业的有机组成部分，是党在各个历史时期的中心工作的实时反映和重要推动力量。"华北抗日根据地及解放区文艺大系"，是一部全面展示抗日战争和解放战争时期华北地区党的历史创造、奋斗风采和形象建构的大型革命历史文艺文献丛书，对于深入研究华北地区革命文艺史、红色新闻史，弘扬伟大建党精神、梳理中国共产党人精神谱系，是必不可少的第一手资料，是我们在新时代坚定树立文化自信的重要思想资源。

一、编纂缘起

抗日战争及解放战争时期，华北地处各方政治与文化力量激烈博弈的前沿，这种特殊政治、军事、文化、地理环境中产生的革命文艺，具有鲜明的地域性特征，是五四新文化运动以来的革命文艺发展史上的突出标识。

但一直以来，由于史料文献整理不足，对华北抗日根据地及解放区文艺的研究，始终未能深入，其独特的地域性实践价值和蕴含的文化创新意义被严重遮蔽。这些史料文献主要以党报党刊的形式呈现，梳理汇编这些党报党刊中的革命文艺史料，借之以探索华北革命文艺的发展路径、发展方向、创造机制和创新经验，是深入贯彻习近平总书记关于"把红色资源利用好、把红色传统发扬好、把红色基因传承好""用好红色资源、赓续红色血脉"等系列重要讲话精神的有力举措，也是新时代文艺研究者不可推卸的责任。

2017年6月左右，我们去中国社科院文学所拜访时任所长刘跃进先生，协商合作研究事宜，寻求中国社科院文学所的帮助。请教过程中，刘先生建议我们结合地方特色，做好地方红色文艺文献的搜集整理与编纂出版工作。经过一段时间筹备，2017年底，我们以"河北红色经典系列丛书"为名，正式申报"2018年度河北省省级宣传文化发展专项资金"项目并成功立项，旨在通过选定刊行河北红色经典作品、梳理汇编河北红色经典研究资料、系统阐述河北红色经典发展历史等基础性工作，打造一个集大成式的河北红色经典文献资料库。

项目最初设计共二十四卷，包括六大板块：《河北红色经典史》一卷、《河北红色文艺作品选》六卷、《河北红色经典作家作品索引》三卷、《河北红色经典研究资料汇编》四卷、《〈晋察冀日报〉副刊文学作品全编》六卷、《晋冀鲁豫抗日根据地文艺作品及〈新华日报〉太行版文艺作品汇编》四卷。但在项目实施过程中，我们充分吸收专家意见，认为网络时代和大数据背景下的科研活动有了很大变化，《河北红色经典作家作品索引》与《河北红色经典研究资料汇编》的编纂工作，在当前学术生态中价值不大，并予以取消。同时，在项目实施过程中我们发现，《晋察冀日报》《人民日报》等党报除刊发大量文艺作品外，还有大量记录边区文艺工作者行迹，反映边区戏剧、音乐、文学、美术、舞蹈、曲艺活动与报刊书籍出版发行等各方面情况的文艺史料，以及体现我党文艺方向、方针变化的政策文件与重要领导讲话，是华北地域党和人民对敌作战的重要宣传武器，更是飘扬在华北地区军民心中一面旗帜。这些史料是华北地域革命文艺发生、发展与壮大的真实记录，对我们正确认识革命文艺的特点与历史地位有重要的决定性作用。

为此，我们精心整理了《〈晋察冀日报〉文艺文献全编》《晋冀鲁豫〈人民日报〉文艺文献全编》《〈晋察冀画报〉文艺文献全编》《晋察冀日报社人物志》（共五十一卷），同时收入全国抗战时期和解放战争时期与河北地域相关且被广大群众所喜爱并广泛传唱的红色文艺作品，结集为《河北红色文艺作品选》（共六卷），至此形成丛书目前的五大板块，而且将名称由"河北红色经典系列丛书"改为"华北抗日根据地及解放区文艺大系"，方便以后在此基础上做进一步拓展。

二、地域范围及文艺特质

华北抗日根据地包括当时山东、河北、山西、察哈尔、绥远、热河全部及豫北、苏北、皖北部分地区，分晋绥、晋察冀、晋冀豫、冀鲁豫、山东五大块。1941年，冀鲁豫合并到晋冀豫，称晋冀鲁豫。其中晋察冀抗日根据地作为开辟最早、地域最大、人口最众的模范抗日根据地，是华北抗日根据地的坚强堡垒，牵制和抗击了三分之一以上的华北日军和二分之一的伪军。

在河北及其邻省周边地区开辟与创建华北抗日根据地，是红军长征到达陕北之后党中央迅速做出的重大战略决策。这些根据地地处对日武装斗争最前线，不仅打开了抗战的新局面，成为华北敌后抗战的主战场，而且进行了新民主主义社会的实践探索，对解放战争的历史进程产生了巨大影响，成为我党开辟东北解放区的前进基地和逐鹿中原的战略后方。随着抗日根据地的开辟，延安文艺工作团、西北战地服务团、东北促进纵队干部队、八路军总政治部前线记者团等大批文艺工作者，随同党政干部一道陆续抵达华北，东北、平津的青年学生也纷纷冒着生命危险来到边区。他们一手拿枪，一手拿笔，深入农村与抗战前线，切身体会工农兵的生活，深刻了解工农兵的需求，从而根本上克服了艺术至上主义思想倾向。所以，华北抗日根据地及解放区文艺，既响应了伟大的民族抗战对文学艺术提出的时代要求，亦充分兼顾到广大人民群众的接受习惯和欣赏水平，真实地反映了华北人民火热的战斗与生产生活。很多作者本身就是农民、战士或基层工作者，他们把自己的经历和熟悉的人和事，通过小说、戏剧、诗歌、报告文学、歌曲、绘画、舞蹈等文艺样式记录下来，语言通俗平实，富有生活气息。由于产生于特定时代、特定区域而又适应特定需要，故而无论是题材、语言还是风格，在体现革命大众文艺共性的同时，又具有强烈的华北地域特性。

华北抗日根据地及解放区文艺的繁荣发展，是专业文艺工作者与工农兵群众共同创造的结果。人民群众不仅是革命文艺运动的主导主体、推进主体、受益主体，还是一切成败得失的评判主体。华北抗日根据地及解放区文艺，归根结底，是"以人民为中心"的文艺。

三、学术价值

今天的河北在抗日战争、解放战争时期是晋察冀、晋冀鲁豫两大根据地的中心区域，有着悠久的革命历史传统和丰厚的红色文化底蕴。据不完全统计，抗日战争和解放战争期间，仅晋察冀边区专区以上就办有报刊四百余种,编印图书五百余万册。如果将这种统计扩大到环绕河北的整个华北抗日根据地及解放区,时间扩展至从中国共产党成立到中华人民共和国成立,数据更为可观。这些红色图书、报刊的出版发行,团结了一大批来自全国各地的著名革命文艺家和专业文艺工作者,其中有大量文艺相关信息,是研究近现代中国革命文艺的重要史料。但因受当时物质条件及复杂局势影响,它们传播范围有限,保存困难,如今已普遍出现老化或损毁现象,面临着消失、断层的危险。

长期以来,由于对抢救、整理和利用红色文艺文献的意义认识不足,现行的科研评价、出版机制亦难以有效刺激科研工作者积极从事老旧报刊等红色文艺文献的系统整理,大量有待整理的红色文艺文献尚未进入学界的视野。特别是华北抗日根据地及解放区的文艺文献,有很多甚至还是学术盲区。如《冀中导报》《救国报》《边政导报》《冀南日报》《团结报》《前进报》《新察哈尔报》《冀热察导报》等各类党报,以及《冀热辽画报》《冀中画报》《北方文化》《五十年代》《新长城》《新群众》《诗建设》《诗战线》等期刊,虽有部分学者对其办报(刊)历程、思想以及传播等方面予以研究,但均无系统的文艺文献整理本。"华北抗日根据地及解放区文艺大系"整理的《晋察冀日报》、晋冀鲁豫《人民日报》、《晋察冀画报》,是当时华北抗日根据地及解放区党报党刊的典型代表,是党的理论和实践同文艺结合的主要媒介和载体,是华北革命文艺重要的传播平台。这些报刊,既客观记录了华北革命文艺的传播与发展,也完整展现了华北革命文艺的特殊使命与风格特征,具有极其重要的史料价值。在此基础上,我们还会将视角延伸到《晋绥日报》《新华日报·太行版》《新华日报·太岳版》等党报,不断地充实这套大型文献史料丛书,以此来系统建构华北抗日根据地及解放区的"文艺史料学"。

四、丛书特色

这套丛书的编纂，主要以抗日战争及解放战争期间华北境内各根据地、解放区出版、发行、制作之图书、期刊、报纸等红色文献中的文艺资料为内容。编纂特色主要包括：

（一）抢救珍贵历史文献，弘扬伟大建党精神。

华北抗日根据地及解放区的红色文献发行于条件艰苦的战争年代，数量少，印制质量粗糙，历经岁月的洗礼，留存下来的品相完好者已经很少，有些到今天已成孤本。这些文献作为特定历史时期和区域的产物，见证了中国共产党领导华北人民争取民族独立和人民解放的伟大历程，反映了华北近代社会的巨大变化，蕴含着珍贵的史料价值和鉴往知来的现实意义，是中国共产党领导的文艺事业、新闻出版事业与意识形态建设发展的历史见证。它们诠释了党的初心和使命，蕴含着坚定的理想信念与崇高的革命精神，到今天仍然具有强大的感染力与说服力，是陶冶情操、磨炼意志、走好新时代长征路的有效精神资源。抢救性搜集、整理与研究这些珍贵历史文献，有利于增强党政干部政治信仰，弘扬伟大建党精神和践行社会主义核心价值观。

（二）文艺与党史密切融合，拓展革命文艺与党史研究的新视野。

革命文艺作品的创作、发表和传播，和党的历史任务和奋斗实践是分不开的。在艰苦卓绝的革命岁月，奋斗前行的中国共产党始终强调，既要拿"枪杆子"，也要拿"笔杆子"。革命的文艺工作者，一手拿枪，一手拿笔，深入农村与抗战前线，以人民大众易于接受和欣赏的形式，宣传党的政策，推行党的方针，为中国共产党顺利完成不同历史阶段的中心任务和伟大使命发挥了独特而重要的作用。本套丛书收入的文献史料，主要是抗日战争与解放战争时期党报党刊中的文艺作品与文艺史料，它们鲜明生动地体现了党的历史，党领导人民争取民族独立、人民解放的奋斗历程和精神面貌，从而为学界从文艺角度研究党史和从党史角度研究文艺提供了有力支撑。

（三）作品汇编与史料梳理并行，还原革命文艺的历史场域。

"华北抗日根据地及解放区文艺大系"的编纂，全面辑录华北抗日根据地及解放区党报党刊上刊登的诗歌、小说、戏剧、报告文学、散文、歌曲、版画等文艺作品，并系统梳理当时文艺发生、发展、传播以及社会各界文艺活动的各类消息和报导，同时选编了大量的河北红色文艺作品作为补充。这种文艺史料与文艺作品的配合整理，还原了革命文艺的历史场域，有利于构建对革命文艺的科学认识。

五、丛书内容

（一）《〈晋察冀日报〉文艺文献全编》共三十八卷：

诗歌三卷

戏剧一卷

小说二卷

文艺评论三卷

文艺史料九卷

外国文艺二卷

散文报告文学十七卷

歌曲版画一卷

（二）《晋冀鲁豫〈人民日报〉文艺文献全编》共十一卷：

诗歌一卷

戏剧、小说、文艺评论一卷

散文报告文学五卷

文艺史料四卷

（三）《〈晋察冀画报〉文艺文献全编》一卷

（四）《晋察冀日报社人物志》一卷

（五）《河北红色文艺作品选》共六卷：

诗歌一卷

戏剧一卷

散文一卷

小说三卷

六、编纂体例

（一）整套丛书题材丰富、门类众多，在体裁上不做强行统一。

（二）丛书中所录作品均为当年报刊发表的原文。为确保丛书的文献性、学术性、专业性和资料性，丛书编辑加工的总原则为保持文献原貌，内容上不做改动。

（三）文字的使用

1. 丛书中文字的使用以2013年教育部、国家语言文字工作委员会公布的《通用规范汉字表》为准。

2. 丛书中的古体字、通假字、俗体字，以及所涉及姓名字号、职官地理等专用字，均予保留。

3. 丛书原文字迹模糊残损，但仍可辨认或可依上下文校正，以字外加方框"□"表示；原文缺字或无法辨识，且无法校补，每字以一个方框"□"表示；如无法统计所缺字数，则以"☒"表示。

4. 丛书中数字的使用，保持原貌。

（四）标点符号及其他符号的使用

1. 丛书在不改变原文意义的情况下，将旧式标点改作现行标点符号。

2. 丛书原文中出现代表文字的符号，如"×""△""○""▲"等，保持原貌。

3. 丛书原文中的着重号、专名号等不再保留。

（五）其他

1. 丛书原文中的注释，保持原貌；编者亦出部分注释，供读者参考。

2. 因为原始文献本身产生于战争年代，保存不易，漫漶不清处较多，丛书疏误之处在所难免，希望专家读者批评指正。

七、鸣谢

本套丛书得以顺利面世，要特别感谢中共河北省委宣传部、河北省社会科学院、河北教育出版社的资金支持，以及北京大学陈平原教授、中国社科院文学所刘跃进研究员、南开大学文学院李扬教授、河北师范大学文学院王长华教授等，为丛书编纂提供了多方面的学术支撑；晋察冀日报社老报人及报史研究会诸位老师，中国社科院文学所现代室、中国丁玲研究会、中国现代文学馆各位专家，也在丛书编纂过程中提出了许多建设性意见；院内外的数十位年轻科研工作者，在原文录入和校对方面付出了艰辛劳动，确保了项目的顺利进行。在此一并致谢。

把艺术交给大众（代序）
——祝贺"华北抗日根据地及解放区文艺大系"结集问世

中国社会科学院　刘跃进

由河北省社会科学院文学研究所编纂、河北教育出版社出版的"华北抗日根据地及解放区文艺大系"结集问世，值得庆贺。

文艺是时代前进的号角。1937年7月7日，卢沟桥事变爆发，全面抗战由此而起。广大的爱国知识分子和青年学生，表现出同仇敌忾的民族气节，走出书斋，走出校园，用知识，用智慧，用不屈的精神力量唤醒民众，用实际行动担负起抗日救亡的历史重任。在此后的岁月里，延安文艺和华北抗日根据地及解放区文艺，是中国共产党领导下的两大主体，双峰并峙，展示着那个时代的风貌，引领了那个时代的风气。

随着抗日根据地的开辟，延安文艺工作团、西北战地服务团、东北促进纵队干部队、八路军总政治部前线记者团等大批文艺工作者，随同党政干部一道陆续抵达华北，东北、平津的青年学生也纷纷冒着生命危险来到边区。他们一方面积极创作大量街头剧、活报剧、街头诗、墙头小说、木刻版画、歌曲、舞蹈等革命文艺，开展抗日救亡宣传运动；一方面也通过开办文艺干训班，开展各行业、各阶层甚至全民的文艺创作与评选活动，吸引工农兵群众加入文艺队伍，掀起了"晋察冀一周""冀中一日"等具有深化性质的群众写作运动，以及"创造模范村剧团""穷人乐"等群众戏剧运动，为晋察冀文艺史添上了浓墨重彩的一笔。

说到这里，我想起2009年参加《北平学生移动剧团团体日记》捐赠仪式的一段往事。从1937年到1938年，在中国抗战史上唯一以大学生组成的"北平学生移动剧团"在长达一年半的时间里，历尽艰难，转辗于国民党第五战区的各个战场，演出话剧，创办报纸，宣传抗日，鼓舞斗志，谱写出响彻云霄的时代赞歌。移动剧团的成员每人一周轮流记述，用日记形式记录了那段不平凡的岁月，《北平学生移动剧团团体日记》就是这部历史的记录。它不是写给个人看的私密记录，也不是为将来面世扬名。作者完全出于一种历史责任，真实客观地记录了那段鲜为人知的历史，体现出强烈的史家意识。日记封面上有这样一段题记，"北平学生移动剧团·愿我永恒·中华民国二十七年二月二十三日始·璧华"。孤立地看这部日记，也许没有什么轰轰烈烈的战斗业绩，也没有什么感人肺腑的情感纠结。客观、平实是它的本色，正是这种本色，为那个历史年代留下一段真实。"北平学生移动剧团"的抗日活动，是文艺工作者投身抗日洪流中的一个历史缩影。

随着抗战的胜利，察哈尔省会张家口解放，晋察冀文协、晋察冀剧协、晋察冀音协、晋察冀美协、晋察冀通讯社、晋察冀边区剧社、晋察冀日报社、晋察冀画报社等文化团体随中共晋察冀中央局和军区领导先后开赴华北根据地，一大批文艺工作者也随之来到华北，开展丰富多彩的文艺活动。他们坚持毛泽东《在延安文艺座谈会上的讲话》中指出的方向，一手拿枪，一手拿笔，深入农村与抗战前线，既为切身体会工农兵的生活，也为深刻了解工农兵的需求，从而在根本上克服了自身相当普遍和严重的艺术至上主义思想倾向，为工农兵而创作，为工农兵所利用，以人民大众易于接受和欣赏的形式，普遍写人民大众的生产战斗故事。譬如左翼作家邵子南，于1938年10月随西战团到晋察冀，主持战地社日常工作，主编《诗建设》；1943年整风运动后，他到阜平任小学教员，在反"扫荡"中与群众、民兵一起转移、战斗，还直接在五丈湾跟随李勇的游击组对日寇展开地雷战；1944年5月随团回延安，在鲁艺任教，后调陕甘宁文协搞专业创作，开始大量创作反映晋察冀边区生活的小说。他以亲身体验为基础创作的短篇小说《李勇大摆地雷阵》（后改为《地雷阵》），运用阜平农民群众的语言，以口语化方式讲述了爆炸英雄李勇的抗日故事，明显吸取了民间说唱文学的优点，特别是在白话叙述中还插入不少快板式的韵白，更适合群众的喜好，因而在当时广为流传，家喻户晓，起到了很大的宣传鼓动作用。其他作品，如《荷花淀》《太阳照在桑干河上》《漳河水》《赶车传》《王九诉苦》《孟祥英翻身》《新儿女英雄传》《白求恩大夫》《我的两家房东》《穷人乐》《李殿冰》《戎冠秀》《没有共产党就没有中国》《团结就是力量》《没有土地的人们》《白毛女》等，都是成功的文艺典范，在现代中国文学史上占据比较重要的位置。

在华北抗日根据地及解放区的文艺创作成果中，还有数以万计的文艺作品和极具研究价值的文艺史料刊发在根据地及解放区所办的报刊上。很多作者，本身就是农民、战士或基层工作者。他们把自己的经历和熟悉的人和事，通过小说、戏剧、诗歌、报告文学、歌曲、绘画、舞蹈等文艺样式记录下来，语言通俗，富有生活气息。人民既是历史的创造者，也是历史的见证者；既是历史的"剧中人"，也是历史的"剧作者"。让故事中的人物自己编词、自己表演的创作方式，很好地反映出人民的心声，并让人民群众从生动活泼的艺术作品中得到教育，这确实是一个成功的尝试。

配合党的中心工作，"把艺术交给大众"，通过文艺唤醒大众，这已成为华北文艺工作者的自觉意识。他们积极响应伟大的民族抗战对文学艺术提出的时代要求，充分兼顾到广大人民群众的接受习惯和欣赏水平，创作了大量的作品，真实地反映了燕赵儿女火热的战斗与生产生活，起到了良好的宣传教育与鼓动激励效果。刘萧无编排新闻报道剧《李殿冰》，编剧与演员一起住到李殿冰家里，以便于熟悉主人公的生活，搜集真实生动的群众语言，还模仿他们的动作，理解他们的心理，甚至还让主人公李殿冰等直接参与剧本的修改和编排。描写群众的生活，邀请群众参与创作，这是当时文艺工作者走群众路线的生动体现。该剧演出后获得当地老百姓的极大赞赏，鲁中实验剧团还专门学习该剧的创作方法，创编了三幕五场话剧《过关》。艾思奇《前方文艺运动的新范例》更是誉其开创了前方文艺的新范例。抗敌剧社的《王老三减租小唱》、冀中火线剧社的话剧《我们的母亲》，也都具有这种特色。

这些文艺作品，可能略显仓促，有的甚至急就于战火中，所以在素材提炼、人物形象塑造以及语言的使用、细节的刻画等方面还有很多不足。但是，这不是一般意义上的创作，而是燕赵大地为争取民族独立、人民解放的集体记忆和行动号角，是中国革命事业的重要组成部分。华北抗日根据地及解放区的文艺，有很多这样未经沉淀的纪实作品，不管其艺术性如何，但在发动群众、组织群众、铸就抗击日寇和国民党反动派铜墙铁壁方面，发挥了无可替代的作用。20世纪五六十年代，河北地区涌现出大量的红色经典，便是华北抗日根据地及解放区文艺的传承和发展。

2017年6月，河北省社科院文学所郑恩兵所长来京与我们协商合作研究事宜。我根据所了解的信息，建议他们结合地方特色，做好地方红色文艺文献的搜集整理与编纂出版工作。"华北抗日根据地及解放区文艺大系"就是那次商讨的成果。全书由五个部分组成：第一部分为《晋察冀日报》文艺文献全编，第二部分为晋冀鲁豫《人民日报》文艺文献全编，第三部分为《晋察冀画报》文艺文献全编，第四部分为晋察冀日报社人物志，第五部分为河北红色文艺作品选。全书收录各种文体的作品六千余种，包括小说、诗歌、文艺评论、戏剧、报告文学、散文、文艺通讯、美术、书法和音乐、文艺史料，还有文艺信息、文艺广告，基本涵盖了华北抗日根据地及解放区的文艺创作情况，具有很高的研究价值。

时值中华人民共和国成立七十五周年之际，我们有机会阅读这部皇皇五十余册的"华北抗日根据地及解放区文艺大系"，更加深切地感受到新中国的建立真是来之不易，她是无数条战线的可歌可泣的人们不懈奋斗的结果。在这样一个特殊的日子里，我们感念当年那些有名无名的作者，感谢参与整理工作的学者，当然，更要感激我们这个伟大的时代。

目 录

送郎 …………………………………………… 1
妇女春耕 ……………………………………… 2
那个送公粮的 ………………………………… 2
加紧春耕 ……………………………………… 3
娘的话 ………………………………………… 4
反扫荡 ………………………………………… 5
晋察冀的孩子 ………………………………… 5
王小三诉苦 …………………………………… 7
刘桂英是一朵大红花 ………………………… 8
准备反攻进行曲 ……………………………… 14
敌占区的民谣 ………………………………… 18
读书,耕地 …………………………………… 20
使劲干 ………………………………………… 20
孩子们的街头诗两首 ………………………… 21
送粪 …………………………………………… 22
蹬莲花(童谣) ………………………………… 24
我的学习 ……………………………………… 24
敌占区人民生活歌 …………………………… 26
孩子没有缩回来他的手 ……………………… 27
火 ……………………………………………… 28
当季候走上春天的时候 ……………………… 30
捉老鼠 ………………………………………… 33

鬼子偷吃山药蛋	34
我不下去	35
麦子秸	36
两个不同的地方	36
伪警备队员歌谣	37
连长苗登文	38
我们要为他复仇呀	40
挽何云同志	42
松林居士诗三首	43
天真的悲剧	44
诗三首	58
地主的家宅	59
秋天进行曲	62
夜、自卫队与战争的歌	66
同志没有走	73
在农民家里晚餐	74
诗三首	76
祝山	77
步韵和于力先生十月节诗	91
祖国的歌	91
我的枪	94
客馆秋怀（八首录二）	105
黎明前的鼓声	105
合唱	109
留别同志诸战友兼呈聂司令员及萧副司令员	112
雁翎队	113

祝刘伯承将军五十寿辰	114
留别宾馆,兼慰国际友人林班两先生及其夫人	115
大小麦粒(故事诗)	116
纺车的歌	126
为边区孩子而歌	128
滦河曲	130
野场行	131
坚壁	134
平山康参议员子泽遭敌寇之辱愤恚自经诗以哀之	135
敌占区"防共"新谣	135
纺绵曲	136
吴满有	138
节令歌	170
反对懒老婆小调	171
韬奋先生挽词	173
太原流传"四大天"	175
劳动人民的创作	175
日本士兵厌战的歌声	178
当我看见了你	181
烟筒在喷吐黑烟	182
民谣偶拾	183
一朵红花	186
送毛主席飞重庆	188
控诉吧	191
崇高的喜悦	193
自动交换机室里	196

从军行	197
坐在自己的火车上	198
人民的张家口	201
人民的狂欢节	206
生命的春天	210
小调	214
闻昆明学生因反内战而流血有感	215
边区自卫队	218
赴敌	221
我回来了	222
三合村	225
途中	228
让和平民主的时代□始吧	229
血染的军帽	231
我再一次离开□	235
黎明	237
万岁,和平!	239
行军散歌	241
一个工人的诗	245
塞北晚歌	248
春节对联	254
新年对联	257
城市	261
阎锡山的催粮人	264
解放浑源	267
工人苦乐记(拉洋片词)	269

毛主席回延安	273
拜年	276
看望子弟兵	277
老村长	281
校场口	282
舅舅住在辽河套里	285
欢迎	290
民兵从前线归来了	294
张老太婆	297
三幅版画	301
和平先生	302
写在行途上	306
螳臂当车的故事	307
一个平凡的农妇	310
不眠之夜	312
我又坐上了大车	315
春耕	318

送 郎

小韩

静静的黑夜，七号的晚上：
××村的群众，集合在五间的大房子中。
青年们的心在跳动，
准备参加志愿义务兵。

送郎队的歌声，被夜风吹到天空。
抱着送郎心的青年妇女，
害羞地走到丈夫面前，
低声地说着：
"我愿你去报名，参加子弟兵最光荣！"

雷声似的高呼里，
跳出了六个青年妇女，
她们拉着丈夫的手，
光荣地代丈夫报了名。

（《晋察冀日报》1942年3月3日，《老百姓》副刊第92期）

妇女春耕

里石

一个妇女二十三，参加生产做模范！
今年春耕要提早，不怕鬼子来捣乱。

一个妇女三十九，清早就把小脚扭，
别看她的劲儿小，车子隆隆不离手。

一个妇女五十多，不愿人叫老太婆：
你们谁都去下地，我抱娃娃把饭烧（注）！

（注）"烧"字要念作"说"。

（《晋察冀日报》1942年3月10日，《老百姓》副刊第93期）

那个送公粮的

鲁南人

那个送公粮的
大早起来
一屁股坐在毛驴上
"哒哒，哒哒球！"地走了

顺着一条大道

驴儿脚步舒坦地迈着

他唱起了晋察冀的

自由之歌

他唱起了晋察冀的

战斗的英雄之歌

(《晋察冀日报》1942年3月17日,《老百姓》副刊第94期)

加紧春耕

小鲁

春天里来春光好!
河水解冻地开了。
修农具,运肥料,
莫把时机错过了。

老乡们呀来春耕!
互助合作要齐心,
男女老少快动员,
修河滩,打水井,
消灭熟荒多收成。

今年的意义更不同,
鬼子临死越发疯;

自给自足不怕他,

生产强,力量猛,

准备举行大反攻!

(《晋察冀日报》1942年3月17日,《老百姓》副刊第94期)

娘 的 话

刘子元

孩子,

谁杀死了你的爸爸?!

谁烧了你的房子?!

谁吃了你的牛?!

你泣哭,

你心酸,

你舍不了这,舍不了那,

家不要你牵挂,

娘不要你牵挂,

儿女不要你牵挂。

你报仇去吧!

打鬼子去吧!

死去的在地下欢喜,

活着的脸上贴了金花!

(《晋察冀日报》1942年3月24日,《老百姓》副刊第95期)

反 扫 荡

方元

春风暖,春耕忙,
同时准备反扫荡!
快刀正好杀强盗,
山地正好种高粱。

春风吹麦苗,
麦苗青又青,
拿起锄头锄野草,
敌人要来踩麦苗,
叫他骨头变肥料!

(《晋察冀日报》1942 年 3 月 24 日,《老百姓》副刊第 95 期)

晋察冀的孩子

蒙江

土生土长在边区,
咱们是晋察冀的好孩子,
不挨鬼子打,不受鬼子气,
民主自由好日子!

哥哥当了子弟兵,
妈妈参加妇救会,
俺是儿童团,
爸爸当个自卫队。
俺有红缨枪,
送信放哨又站岗,
爸爸东沟去生产,
俺上西山放牛羊。
冬帮妈妈拾柴火,
秋帮爸爸收高粱,
春来杏花开满地,
帮助春耕更努力。
河边插杨柳,
捕虫养小鸡,
鸡叫天明喔喔喔……
起早睡晚勤上学,
懂得大道理,
会唱自由歌,
英雄出少年,
样样做模范,
到了新中国,
担子就要咱们担!

(《晋察冀日报》1942年3月31日,《老百姓》副刊第96期)

王小三诉苦

【华北新华社晋冀鲁豫二十四日电】据辽县来人谈：辽县敌在此次向我太行区扫荡时，曾在敌占区征大批民夫、毛驴，供其驱策。这些民夫都不甘心为敌驱使，恨敌入骨。现辽县敌占区内流行民谣《王小三诉苦》，秘密传布甚快，确系大多数民夫心情之表现。其词如下：

我是民夫王小三，

皇军拉我到深山。

新年没过好，

在外受饥寒。

皇军吃牛肉，

我吃淡米饭。

皇军家烤火，

我冻地垄边。

皇军躲在后，

叫我当炮眼。

毛驴活受罪，

民夫更可怜。

皇军叫我拉夫，

我哄皇军寻不见。

皇军叫我烧房子，

点把烂草冒些烟。

皇军叫我挖东西，

萝卜窖里胡鬼窜。

自己也把良心问,

辽县人怎能害辽县?!

(《晋察冀日报》1942年4月1日)

刘桂英是一朵大红花

于之洲

这是一个奇怪的家庭,

婆媳两个,

整天在吵架……

婆婆没有名字,

媳妇叫刘桂英,

她们老是瘪着满肚子的气,

说不上三句话,

便嚷开了,

像六月天下雹子,

打在石板上,

哗啦哗啦……

快过年了,

村剧团要出演,要扭

秧歌舞。

村妇救会主任,
拉着刘桂英的手
叫她参加……

青抗先
故意地
在刘桂英的窗下
低声地说俏皮话:
"刘桂英,
可不敢参加,
她是一只小鸡,
她婆婆是一头大狼……"

刘桂英,
一整夜,
眼皮没有合上……

气愤地,
勇敢地,
在一个早上;
在一个早上,
气愤地,
勇敢地,
穿上了她出嫁时的红棉袄,
脸颊上
涂着一块红颜色和粉,

手里

拿着一条绿手帕……

吓!

刘桂英

化了装!

吓!

刘桂英,

跑到街上!

突然,

她婆婆从背后追上来了,

举着两只手,

像母鸡张着翅膀……

"你……你……你……

你要逃到哪里?

你……你……你……

你这不要脸的妖怪!

"早上——

你不推碾子,

早上——

你不生灶火,

早上——

你却扭屁股,

扭秧歌舞……

"刘桂英,
你是谁家的媳妇?
刘桂英,
你是谁家的媳妇?"
婆婆用手掩住脸,
伤心地哭了……

这时,刘桂英
像一头挑战的公鸡,
瞪着她婆婆,
瞪着她婆婆:
"娘!
扭屁股,
扭秧歌舞,
你可管不着;
这年头,
大小事儿,
你媳妇
要拿主意……

"刘桂英,
她不是谁家的媳妇!
刘桂英,
她不是谁家的媳妇!"

这时,
村头响起了
锣鼓的声音:

"咚咚……格咚咚锵……

咚咚……格咚咚锵……"

哈!

秧歌舞出动了!

刘桂英

——急——

好像一个燕子,

飞去了……

婆婆惊慌地望着她?!

婆婆惊慌地望着她?!

婆婆

——骂刘桂英哪!

婆婆

——骂秧歌舞哪!

婆婆又孤独地走进了

茧一般捆着女人的小屋……

这时,

刘桂英呢?

她仰起脑袋,

在秧歌舞的浪头上

笑过去，

笑过来……

——刚才吵架的并不是刘桂英呀?!

刘桂英

现在在唱：

"快快参加八路军，

快快参加八路军。"

刘桂英，

用她轻捷的身腰，

用她浪一般起伏的脚步，

扭动着……

真熟呀！

真漂亮呀！

群众在喝彩。

青抗先竖着大拇指：

"刘桂英，

你真是一个模范例子！"

刘桂英，

扭得更欢，更快……

刘桂英的红棉袄，

显得更红，更亮……

脸更红了……

刘桂英是一朵大红花呀!

刘桂英是一朵大红花呀!

一九四二年三八节前夜

(《晋察冀日报》1942年4月1日)

准备反攻进行曲

林采

日寇在南太平洋的胜利正是日寇崩溃的前奏。盖伴随其胜利而来者,乃是其力量的分散与消耗,日寇的矛盾已经拉长了,并且还要拉长,愈长则愈纤,只需两个年头,日寇就会被击溃。全中国人民正在警戒日寇的诱降阴谋,无论如何要坚持两年的抗战,两年内,不但日本,整个法西斯都要垮台的。

——【新华社延安六日电】延安评论家对于日寇"和平"谣言的谈话

说什么鬼话?
到队伍里去!
和锄头
告别,
和斧头
告别,
拿起枪!

嗨！反攻的队伍，

准备，

从山到海，

杀过去！

准备，

反攻！

准备反攻！

从兵工厂，

到荒山，

加紧生产——

粮食

和子弹。

不能浪费一颗小米。

……

从每一寸土地上举起锄头来，

播种，

向春天！

汗和血，

一起，

准备，

反攻！

准备反攻！

日本法西斯，

那只落水狗，

挣扎在死亡的海洋，

现在要狂吠：

"和平!"

奴隶的

和平,

我们已经够受了。

滚他妈!

不要幻想!

纵然时间

将带给我们无尽的苦难!

中国可决不屈服!

一致,

准备,

反攻!

准备反攻!

谁在那里说梦话?

住口,诡辩家!

丢开速胜论,

革命不是一百米赛跑,

一条直线能通到胜利。

崎岖的路,

还呈着——

饥饿,疾病和死亡。

向前去,

通过灾难的闸门,

用汗和血,

在时间的河上,

搭起浮桥。

但是谁在那里睡大觉？

嗨！把等待主义的破□□，

从历史的路上，

踢开！

起来，

准备，

反攻！

准备反攻！

战斗前进，

残酷的季节就要降临。

嘿！落水狗的最后的挣扎，

还想把我们拖到水里。

不！

不能！

勇敢！

再勇敢！

勇敢！

四万万五千万颗心，

已结成一个巨大的铁环，

前进！

扼死法西斯！

看遮天的旗帜飘扬，

从山到海，

一起，

准备，

反攻！

准备反攻!

      一九四二年二月十九日平山

(《晋察冀日报》1942年4月4日)

敌占区的民谣

日本鬼子回不了家

××的城墙高又高（注）

太阳旗子城头飘

旗下有棵酸枣树

日本鬼子树上吊

上吊为什么

想家回不了

打仗没有头

不是南调就北调

早晚都是死

不如来上吊

士兵上了吊

军官哈哈笑

哈哈笑，笑哈哈

日本鬼子回不了家

（注）××可指自己的县名。

乌鸦把信传

小青杏

裂牙酸

我和妹妹做针线

不见针线动

但见泪满面

妹妹问我哭什么

想起你哥好心酸

自从鬼子抓他走

编成伪军开前线

恩爱夫妇给拆散

父母骨肉难团圆

妹妹说

嫂嫂,嫂嫂别心酸

小乌鸦儿过南山

你给哥哥把信传

就说日本不沾了

快快反正来这边(注)

为妻做好衣和被

等你穿了去抗战

(注)这边即指边区。

(《晋察冀日报》1942年4月7日,《老百姓》副刊第97期)

读书，耕地

小沈

小孩子
上学忙
放学回家进农场
小小的，努力干
学会能耐好吃饭
不学能耐尽偷懒
饿了肚子干瞪眼

（《晋察冀日报》1942年4月7日，《老百姓》副刊第97期）

使 劲 干

小沈

咯嘣、叮当
加紧春耕生产忙
铁锹挖进河滩地
铁镐掘到山坡上
使劲耕，使劲干
多打粮食吃饱饭

（《晋察冀日报》1942年4月7日，《老百姓》副刊第97期）

孩子们的街头诗两首

一、报名去

在会场上,
一个青年人,
笑嘻嘻地报名了。
他的眼,斜视着模范队
热情地说:
"你们谁敢
和我比一比。"
(张青芝)

二、青年人

一个青年人
叫李文彦,
在会场报了名。

他跳起来,
脸红红地说:
"谁敢应我的战!"

他是那么结实。
(张风芝)

(《晋察冀日报》1942年4月10日,《晋察冀艺术》副刊第35期)

送 粪

周奋

劳动的日子又来了
我们迎上去
站队了呀
按次序排好
不要争，不要争
也不用让
不要说谁是生手呵

我们这里没有生手
什么地方需要
我们的力量
就用到那里

粪车骨碌骨碌响去啦
留心不要碰坏了
谁家的车子
不要管呵
谁家的车子都要发挥它
最大的作用

车子响得好呀
真实的世界

一切都有真实的生活

喂，喂，你该歇一会儿啦
我来！我来
不要让工作停止
你说我是生手
不

我们这里没有生手
什么地方需要
我们的力量
就用到那里

力量到哪里
哪里就有胜利
哪里就有新世界呀
新世界，创造的主人
就是我们

不要让工作停止呵
但是，走得稳些
别叫车子颠簸
粪土抛到外头来了呀
嗨，注意！注意……

（《晋察冀日报》1942年4月11日）

蹬莲花（童谣）

蹬、蹬、蹬莲花（注）

里头住着个小蛤蟆

蛤蟆叫，莲花开

日本鬼子快打败

不等两年就完蛋

你我同把莲蓬摘

莲蓬子，滴溜圆

新中国是太平年

（注）蹬莲花系一种游戏，由儿童四五人拉成圆圈，边转边唱。

（《晋察冀日报》1942年4月14日，《老百姓》副刊第98期）

我 的 学 习
——记战士郭景山的谈话

商展思

俺老粗

捏了半辈子锄头把

做梦也想不到

这辈子

还有念书的机会

庄家汉子呀

你看

背全弯了

整天价背着粪筐子

推着犁杖……

你也想不到吧

现在

俺竟然懂得了

政治军事文化

和一些抗日救国的大道理

同志,你看

这一小本子上的字

我都认得

还能歪歪扭扭地

写上个几句哩

同志,头发灰白了的老粗呀

这样实在不容易啊

这也算是进步吗

真的,这些时

也不知怎么搞的

总是有那么些子问题

我想：要是有机会

俺也到延安走走

看看俺们的毛主席

嗨，他知道的多着呢！

（《晋察冀日报》1942年4月23日，《子弟兵》副刊第41期）

敌占区人民生活歌

——仿报告指导员调

这个歌，是平西昌宛县敌占区的老百姓自己编自己唱出来的，在平西敌占区民间流行甚广。这里同胞们所受的敌人的压迫，从这些歌子里就可见到。

诸位老乡们，听我告诉你，鬼子欺侮咱们叫人真生气。
鬼子修据点，四围铁丝圈，邻近的房子轰成大河滩。
百姓无处住，四外盖草铺，十家子八家子住着一个屋。
鬼子随便串，百姓们不敢言，黑夜的屋里不敢把灯点。
你要是点灯，鬼子窗外听，你要是说话拉出去拿枪崩。
组织"维持会"，成立"保卫团"，不论那猪狗都得去上捐。
鬼子把款要，没有联合票，粜粮食卖老婆亦得捐款交。
鬼子去抢煤，跟着清乡队，七八十的老太婆也得把煤背。
背煤鬼子烧，百姓烧柴草，妇女儿童去把渣子找。
洋狗一大群，百姓不敢出门，东斋堂街上洋狗咬死人。
鬼子乱奸淫，百姓们不敢出门，据点内好几十家伺候小日本。

鬼子修车路，各村要民夫，不论那老少，都得去受苦。

你要是手一抬，棍子跟着来，又打又骂日子真难挨。

饭也不给吃，水也不给喝，饿着的肚子亦得把工做。

敌人坐皮船，行在了河中间，小船的一翻小命就玩完。

爹妈盼儿归，妻子盼夫还，哪知道做工的人死在了河中间。

鬼子下命令，又把青年要，吓得我们青壮年抛家往外跑。

法西斯侵略战，眼看就要完，拿我们中国人，给他当炮眼。

诸位老乡们，听我告诉你，国民的公约条条要实行。

诸位老乡们，大家齐梦醒，打跑了鬼子才能享太平。

(《晋察冀日报》1942 年 4 月 28 日，《老百姓》副刊第 99 期)

孩子没有缩回来他的手

——生活短曲之二

周奋

我生活的途程上

我要记下一个孩子

孩子的手指撞伤了

在医院里护士同志给他开刀

护士同志掀动着剪刀

孩子闭上了眼睛

剪刀多次地掀动

孩子多次地喘息

孩子甚而哭了

但是

孩子没有缩回来他的手

(《晋察冀日报》1942年5月8日,《子弟兵》副刊第46期)

火
——献给边区的孩子们

苗青旺

一

急忙吃过晚饭,

偷偷地

找着伙伴,

踏着月光镀金的落叶,

穿过喧哗的白杨林,

跑上山坡

放野火……

我们并不害怕狼。

"呼——呼——"

不是刮风,

不是鬼嚎,

是野火卷食着枯草,

是野火在山坡上赛跑。
好哟！
咱们红色的马队，
闪耀着金色的光芒
奔腾过来了。

我们
追赶着火流，
我们
指挥着火头，
嚷着，
笑着，
叫着，
闹着，
信嘴地歌唱着。

月亮下山睡觉啦，
摸黑回家
倒在炕上做梦。
我梦作一只雄鹰，
在火的海洋上飞行。

二

从雪花纷飞的那边，
走来一个年轻的子弟兵，
眉毛上结着小冰球。
"好同志，您很冷。

来吧！

到俺家烤烤火吧！"

我抱住他的臂膀。

拉扯着，

拉扯着，

走进破茅屋的门栏。

熊熊的火焰

从茅柴里伸出红红的手，

像鼓掌欢迎好同志。

我心眼里跳动着欢喜。

看着他笑嘻嘻的眼睛，

靠着他温暖的怀抱：

"好同志

教我唱个好的歌，

像这燃烧着的美丽的大火。"

一九四二年四月七日□峪

（《晋察冀日报》1942年5月13日，《晋察冀艺术》副刊第37期）

当季候走上春天的时候
——纪念我们的支部书记袁颖贺同志

洛灏

当季候走上春天的时候

自然和战斗都笑着前进
一切都在发展生长
而我们年轻的兄弟死在接近胜利的路上

呵,我们是多么悲伤呵
我们都低头望着这隆起的新土
呵,田野呜咽地在哭泣
我们淌下了平生第一次最哀痛的泪

有人说"哭是懦弱的"
但我们并不脆弱而感伤呵
我们的泪埋藏着无比的热情和惋惜
亲爱的兄弟死了谁能不悲切

人死了,有时会得到夸张的颂扬
人死了,友情会仿佛显得更热
而我们的死者对于这些都是无愧的
活人呵,死者的灵魂是多么美丽贞洁
你是我们年轻的支部书记呵
你走在我们行列的前头
你常常坦白说出你自己的病根
这样,兄弟们对自己就变得更加忠实和无情
有一次,一个兄弟多喝了酒
那是在阳历除夕的晚上,月亮正亮
你像一个哥哥对弟弟
你说"我们不能丝毫地糟蹋自己"

你知道向前就是光荣

安逸和自私是人生最大的耻辱

你常说"我们要说就说，怕什么？"

你那热肠冷面曾引起多少人的尊敬

你是一个在边区长大的战斗者

你没有看过火车和电影

你期待着战争的胜利

曾说过"二年后咱们手拉手地上北平"

你喜欢热闹

你不爱寂寞和孤独

当我们分离的时候

你说过"'家'里比什么也快活"

现在是多么冷清呵

牧童赶着牛儿踏过你的身上

你已不能再从这土堆立起

你的耳朵已经再听不见熟悉的声音

虽然是春天已经来了

但你的坟上还是多么荒凉

青草和野花不能给你些许温暖

陪伴你的只有那风里摇曳着的白杨

没有沉痛的祭文，没有盛大的典仪

更用不着造一个石像永留纪念

你的生活留下最好的相片

在心里,我们永远记忆着你

天热了,我们都穿上了新的军装

新的军装剩下了你的衣裳

军装失去了主人

缄默地躺在地上

当季候走上春天的时候

自然和战争都笑着前进

一切都在开展生长……

而我们年轻的兄弟死在接近胜利的路上

　　　　一九四二年五月七日黄昏,在抗□

(《晋察冀日报》1942 年 5 月 15 日,《子弟兵》副刊第 47 期)

捉 老 鼠

白水

墙角里,黑洞洞

老鼠住在墙窟窿

偷偷溜出来

吃菜饭,偷油盐

尖着嘴巴像汉奸

夏至天气暖

疾病易传染

老鼠带来鼠疫病

四面八方传染人

一个不小心

不到一天要人命

奉劝大家讲卫生

捉尽老鼠免鼠疫

坚持抗战打敌人

(《晋察冀日报》1942年5月19日,《老百姓》副刊第101期)

鬼子偷吃山药蛋

洛灏

【五台讯】五台敌兵给养困难,近来连三餐饭也吃不饱了。经常从炮台下来,到村里偷老百姓的干粮吃。附近的老百姓编了一个民谣,传着唱着:

"鬼子吃的什么饭?"

鬼子吹牛吃的大米饭。

鬼子不要脸,

下山偷吃我的山药蛋。

鬼子下山偷吃山药蛋,

不想半夜出发，天黑没月亮，

走到半路碰上颗手榴弹，

逃回炮台打伙夫，骂他不做饭。

★★★★★★

做什么饭？

迟早赏你吃颗手榴弹！

（《晋察冀日报》1942年5月30日）

我不下去

王永山

——同志，

你负伤了，

快下去吧！

指导员亲切地招呼。

李文才，

这年轻的战士，

连伤处也不看一眼，

坚决地说：

——我不！

我还要到前边去，

和敌人拼！

像一阵风,

他又冲上前面去,

连伤处也不看一眼。

(《晋察冀日报》1942年6月5日,《子弟兵》副刊第50期)

麦 子 秸

冰河

麦子秸,细又长,

里边是个空堂堂。

空堂堂,没有劲,

镰刀一割乱纷纷!

敌人好比麦子秸,

我们好比快镰刀。

快镰刀,明晃晃,

要把麦秸割个光!

(《晋察冀日报》1942年6月9日,《老百姓》副刊第104期)

两个不同的地方

倪尼

在敌人占领的地方

不但财产没有了保□

就连自己的生命

也挂在日本人的刺刀上

那边是我们的抗日根据地

人民唱着自由的高歌

那里一切的权利

是属于我们中国的主人

（《晋察冀日报》1942 年 6 月 22 日，《老百姓》副刊第 106 期）

伪警备队员歌谣

陈汉洲

【满城讯】保定，满城各地的"警备队"因生活困苦对敌不满，最近创造出二个歌谣流行在"警备队"队员间。歌谣词如下：

一

穷警察，

富商会，

吃不饱的"警备队"。

白天下令去出发，

到了夜晚不让睡，

这些事情怨谁？

——日本鬼！

二

阎王爷，

宪兵队。

不说理的新民会。

胡说白道的新民会。

(《晋察冀日报》1942年6月26日)

连长苗登文

——朱食战斗中的英雄之一

鲁南人

你是十二连的连长

平时一切都和战士们一样

对于个人的物质享受

从没有提出过高的要求

你和每个伙伴都很亲近

你是全连的老大哥

你把全连团结成一个

在战场上历来都很沉着

无论炮火打得怎样激烈

只要上级交给你任务

都要细心地思索思索

想尽一切办法去完成

甚至于牺牲自己的一切

献给革命,献给祖国

就是在战场上带了花

子弹打穿了你的胳膊

炮弹炸伤了你的手

你说:"还有嘴可以指挥战斗

一定要坚持到最后!"

把敌人打垮了

——只要把敌人打垮了

战死也是光荣的

你从不吝惜个人的生命

因为,你知道

个人应该是属于党的

你说,你和你的同志说

"只要还流动着一滴鲜血

就要把它贡奉给革命

给党,给人民,因为——

这是我神圣的天职啊!"

(《晋察冀日报》1942年6月26日,《子弟兵》副刊第53期)

我们要为他复仇呀

大牛

呵,我们的支部书记,
他是怎样的坚强呵!

在一个拂晓的战斗,
敌人
把村子包围了,
敌人冲进了村庄!

我们和敌人展开了搏斗,
队伍冲进了村庄。

我们的支部书记徐全同志,
忽然躺下了,
鲜血染红了军衣。
沉重的伤
他走动不得了呀,
他把心爱的枪
交给了排长,
饭包里的许多文件
他全部烧掉,
他手中紧握着两个手榴弹。
胸膛里的怒火

在熊熊地燃烧，
他睁着铜铃般的大眼
盯视着那凶恶的敌人。
那敌人——
手中端着明晃晃的刺刀的敌人
那饿狼般叫喊着的敌人。

"投降吧，优待你！
——不投降活不了！"

但他是我们的支部书记呀！
我们的支部书记，
他是怎样的坚强啊！
"来吧！
老子和你们拼到底！
誓死不当汉奸走狗
——杀害自己的同胞！"

敌人啊
（那么凶恶的敌人啊）
眼看着走近了，
猛然地——
震天动地的一声响，
火花到处飞迸。

敌人倒下去了。

啊，我们的支书徐全同志
也就在这个爆炸中
壮烈地牺牲了。

山洼里，
钻出了鲜明的朝阳，
照耀着这不朽的身躯。

那灿烂的碧血啊，
在我们每个人的心板上
涂写着永不磨灭的字句。

"我们要为他复仇呀！"
粗壮的声音
连山野也给震动了。

（《晋察冀日报》1942年7月9日，《子弟兵》副刊第54期）

挽何云同志

邓拓

文章浩荡卫神州，
血溅太行志亦酬。
党报事艰来日永，

同侪心痛老成休！
云山遥祭挥无泪，
笔阵横开雪大仇！
后死吾曹犹健在，
不教胡语乱啾啾！

(《晋察冀日报》1942年7月12日)

松林居士诗三首

松林居士

一、劝青年入伍

爱国青年志气刚，
精诚团结打东洋。
男儿欲雪山河耻，
手拔霜□下太行。

二、劝女从军

手拔霜□仔细看，
红颜救国愧儒冠。
立功非必男儿汉，
巾帼英雄学木兰。

三、劝伪军反正

木兰救国有深筹，

何况男儿不自由。

大好光阴须自择,

劝君反正早回头。

(《晋察冀日报》1942年8月4日)

天真的悲剧

洪水

一

他睁开沉重的眼睛。

太阳,

挂在西坡的树上,

稀疏的,

微薄的,

警戒的光儿。

这一支火的队伍撤到山那一边

歇息去了。

黄昏,

像母亲般慈爱周到,

给战斗疲乏了的土地

盖上了一层柔软的薄暮；
还轻轻地吹着风的摇篮曲，
一切都弛松下来。
山头也瞌睡了。
明天，新战斗的号炮
会很快地叫醒一切的。

这是他归宿的时候了。
血，
土地喂养着他的血，
染着
地层的无数裂缝。
鲜红的血丝组成
几千年古树的根□的图案。

他在这土地上，
深深地
插进了
无数不可拔掉的根儿。

二

他失望了。

断了胳膊，
断了腿，
他永不能

再挥舞起枪,

挥舞起战旗,

狂奔在日本军阀的尸体上,

向全世界人民

夸耀

中华民族的英雄战绩。

他变成了废人——

任何什么都可以欺负的废人。

一点点谣言

会造成风波,

把他赶到

山洞

石缝里去。

野兽们

随时可以

向他傲慢地笑,

狰狞地挑衅地。

这是奇耻大辱!

他——

神枪手,

模范战士——

绝不能忍受的。

这样痛苦的人生的历程
应该立即结束。
身上的刺刀
杀穿过敌人的胸膛，
也应该
替自己
挑开耻辱。

三

"自杀？"
"逃避斗争？"

刀，
从鞘里猛拔出来，
猛地激醒了他。

没落阶级的行为——
颓废，
堕落，
才替人类
毁去寄生虫地
自杀！
八路军的老战士，
共产党员，
不能！
不能做人类可耻的逃兵！

刺刀,
远远地摔开了;
痛苦,
是能忍受的。

生活多么有意义!
尽管日子多么暗淡,
暴风雨后
必定是晴天。

熬过些日子,
我们应骄傲地
笑,
大□地笑——
侵略者
像魔鬼般
抱头
逃开
人类的圈子。

残废?
荣誉军人学校,
工厂,
是我们的战场呀!
没有废物,
更没有废人!

最后一滴血

流在战场上；

最后一口气

就吐在工作中。

四

□白的光下，

昏晕被吹散了

——兴奋□□了他——

他开始苏醒过来。

月，

苍老病恹的脸孔

向他射出

乞怜的眼色。

他轻蔑地微笑：

"胆怯鬼！

说什么傻梦话？"

有什么可后悔，

完成了任务，

死又免不了，

死是允许的，

有意义的。

手榴弹的神威

掩护了部队的转移。

伙伴们

远了,
他们转到
很远的地方去
歇息,
准备
新的战斗了。

这里,
明天,
也许等一□,
日本鬼子,
汉奸
会来,
戏弄他们可怜□
□。

现在,
刺刀应该听从他的命令了。

可是,
枪?
枪还在他身边。
死尸可以让敌人践踏,
撕毁;
枪是不能失掉的。

枪曾经保护了土地,

土地
应该保护它了——
枪。

五

他没有力量起来,
没有力量
挖开土。

挣扎,
忍着痛,
他拖着身子,
不知多远,
不知多久,
才到一块高粱地。

他惊动了高粱地,
飞快地,
一只黑影奔向
对面的树林里。
"站住!"
强烈的命令
从他衰弱了的声响中
发出,
停住了黑影的脚步。

"谁呵?"

战栗的声音

告诉他——

这里还有咱们自己的姑娘

——"我,是八路军的伤兵!"

六

"伤兵?!"

太阳刚西斜的时候

朝着北坡走去的队伍

留下的伤兵?

剧烈地战斗了,

苦痛地辗转了

饿渴着

一整天的

伤兵,

还在这儿?

一股酸气

刺上了

她的鼻腔,

鼻涕,

泪水

湿润了她

细嫩的脸。

"呵……"

"您……"

她走近来
望着,
她倾听他的诉说。
不,
她呆住,
回忆白天一天的情景——
枪声,
炮声,
惊吓了她,
失散了爹娘,
失散了乡亲,
一天
躲在高粱地里,
她
连呼吸都不敢
松开胸膛。

一支枪,
呈现在她面前,
她才觉察出
伤兵没有了右胳膊,
要求
替他埋枪。

她拔掉高粱秆子
在那浅沟里
——高粱的根窝——

放下枪，
撒上薄薄的一层沙土，
堆上一堆枯萎的高粱秆子。
回头，
她亲热地抚慰着伤兵，

语言太贫乏了，
没有她润湿了的眼珠
那么生动
热烈的
感情。

"同志！
谢谢你，
还要你再帮一帮忙。
我没有了
力量，
这是刺刀，
从这里
——指自己的喉咙——
只需一刺，
事情就完了！"

她突然聪明起来，
振奋起精神
接下刺刀。

七

她拼力地
抛开刺刀,
背他到石洞里去。

她忘掉——
不,
她不知道,
整个身心
紧压在她的身上
是个异性的人儿。
没有重负过的腿
迟滞地
在那熟悉的路上,
载走了
她和她的负担。

轻微的风
吹松了她的心情。

灰淡的月光
模糊地
在山的斜坡上
画着她和伤兵的影子。

她放下了伤兵,

给他盖上些干草。
深夜的高山
太凉了，
别叫伤兵，
——流血过多而
衰弱了的——
受冻。

她吩咐了些话
走了，
找自卫队
担架。

八

她的热情
重新燃烧起
他的酷爱生活的火焰。

他觉得，
血，
从她的脉搏里
河水般滚滚地
在他身上流转起来。

他想驰松开
精神，
筋肉，

准备明天的战斗。
他醒着做梦，
梦见回到连上
听伙伴们的慰问
歌颂。

愉快地微笑，
向
老早回到他身边的那姑娘，
开放着希望的白花。

一阵一阵火热的情感
叫醒了他，
倾听她的报告——
民兵，
担架，
医院。

他更加烧，
他渴了。
天真的姑娘
兴奋了：
"喝吧！
凉水会使您退烧的！"
他喝了。

更加烧，

她焦急地再给他喝:

"多喝些水,定会退烧的。"

果然,

烧终于退了。

他终于闭上眼睡了——

永远地睡了。

她,

很平静地

——完成了任务

待奖励般地平静——

守住他,

等候

民兵,

担架。

一九二三年三月,一九四二年脱稿

(《晋察冀日报》1942年8月26日、8月27日连载)

诗 三 首

松林居士

德意"英雄"末路

枕戈壮志万方同,

德意淫威一扫空。

逆虏不知桑海变，
犹将奴隶视英雄。

中国胜利在望

全民抗战起长征，
父老年年望太平。
胜利曙光应不远，
冲开黑暗快天明。

日本谣言东亚和平

无端倭鬼起烽烟，
争地争城杀伐天。
放火杀人真面目，
和平原属口头禅。

（《晋察冀日报》1942年9月16日）

地主的家宅
——抄自田园诗小集《钟》

田间

喂，主人
回来呵

你的谷仓

并没有损失

那谷仓吗

曾经被敌人烧毁

共产党员

也主张

把它修理好

绿色的葡萄

绕过谷仓

盘旋

到楼台上

当太阳

照着那楼顶

和蓝玻璃窗

你的家宅

仍旧闪着光

淡黄的槐花

正往下落

堆积在大石板上

(主人

你不会忘记

这是山谷里

最好的青石头
所造的石板)

鸽子们
常常飞来

你的老黑狗
有时也站在门外

呵
你的家宅

风一吹起
那包铁的门环
叮通地响着

喂，主人
回来呵

　　　　　　　　　一九四二年七月

(《晋察冀日报》1942 年 9 月 29 日)

秋天进行曲

周奋

一

是第六个秋天了

我们的国家

是秋天展开了战斗

在明年

又是秋天

我们的国家的深厚的爱

要暖和着松花江

暖和着松花江上苦难的兄弟

为我们的国家争斗

为繁荣的和平的新中国争斗

为永久的幸福争斗

我们愿意担当这争斗中应有的牺牲

我们愿意接受这争斗中所有的困难

冲破这争斗中所有的困难

在第六个秋天

我们是如此的激动呵

当首长号召着

——完成秋收

我们静默着

每个字全都听得很清楚

二

我们

向庸俗者们进攻

庸俗者没有看到

敌人的临死之前的疯狂

庸俗者没有看到

斗争的更加剧烈和残酷

庸俗者瞪大着疲惫的眼睛

却说:"这是老例,年年都一样!"

我们

向懒惰者们进攻

在困难面前

在工作面前

懒惰者们背转身去

伸伸腰又游来游去

轻松地说:"舒服呵!"

我们活跃在庄稼林里

我们行进在庄稼林里

我们唱着——

战斗在粮食战线上

要切实,要负责

细心又积极

打下金黄的谷穗

争取明年的胜利

粮食充足了

就能打鬼子

粮食充足了

就能打鬼子……

三

——完成秋收

青壮年在努力

妇女同志在努力

儿童们在努力

武装同志在努力

一切的力量在努力

看我们的哨兵同志

那顶上子弹的枪

那白亮的刺刀

他的眼睛和智慧

攫住了他的警戒线

看我们的枪弹就在身边

听指令

子弟兵在地里收割

在火线上，子弟兵争先冲向前面

——完成秋收

星星闪满天了

我们在收割

手弄破了

仍然在收割

累得躺在地里了

起来又收割

那边打仗

这边在收割

河水呵，你为我们伴唱吧

你又可以为我们高歌

四

晴朗的天空底下

土地又翻开了

新麦在土里抽芽

我们抢着收割了

我们又抢着种秋

我们的斗争是如此的激烈呵

但我们又是如此的兴奋

身边飞啸过敌人的子弹

但是，我们把地耕开……

（《晋察冀日报》1942 年 10 月 6 日，《子弟兵》副刊第 62 期）

夜、自卫队与战争的歌

林采

让你去抒写个人的哀怨

让你去组织生活的幸福的诗篇

让你去哭

让你去笑

让你去高喊自由的口号

让你的眼睛向着天

让你的幻想化作一阵绮丽的云烟

呵呵,我的可敬的朋友

你且闭上你疲倦的眼睛去睡眠

在那温柔的梦乡有着桃色的留恋……

可是我要去

我要去参加一个群众的集会

哦哦,星哟

照着我的路

哦哦,山哟

听着我兴奋的脚步

哦哦,水哟,河的水哟

在黑的夜里泛着幽微的银光的水哟

你尽管独自流着而又唱着

你可曾听到

呵,听到那发自林木阴森的山坡

粗野的笑

粗野的叫

粗野地吹的号

一阵阵

一阵阵

像推涌到海边的浪潮

在岩石的旁边

□张地跳……

哦哦，我的兄弟们

哦哦，我的农民自卫队的同志们

我走向你们的集会

像你们走入我的心中一样

一切都很自然的

呵，自然的

因为我

来自南方的田野

在北方的山谷

和你们结合

在我的经历了旧的年代的痛苦叠叠的身上

也刻画着你们过去黑暗生活的痕迹

流转在我身里的血液

也流转在你们的身里

我歌唱

因为我是你们的

在你们的心里

我编织我自己的诗歌……

哦哦，风哟，山的风哟

你在槲树的顶上唱着笑着的风哟

你不要闹吧

哦哦，虫哟，秋天的虫哟

你在夜的黑黝黝的草丛奏着小曲的虫哟

也不要闹吧

听我的

听我的歌

听我为我的兄弟们编织的歌

呵呵，兄弟们

我的兄弟们

你们举着枪的

擎着手榴弹的

你们在山坡的岩石上持着长长的矛子的

你们从星散在山坡的河边的破屋里集合拢来的

你们有的还在手里拿着白天的镰刀的

有的拿着棍子的

你们是要干□吗

你们是要干吗

在这样的夜

在这样的幽微的星光暗淡地照耀的夜

这样叫

这样跳

这样笑

这样□奋

这样闹

你们是要干吗

你们是要干吗

号召

准备

呼喊

战争

像六月天

渴燥的森林

呼喊着暴风雨

轰雷

闪电

扫荡这罪恶的大地……

我看着

呵，我看着

你们这巨大的山岩似的巍然簇立的群集的姿影

我看着

在这黑淡淡的夜的雾里点点地亮着的你们的眼睛

我看着

炯炯□跳跃□矛子尖上的银光

我看着

乌黑地发亮的枪筒伸向天空

哦哦，我看着

我感到一种熟的生长

我感到一种力的生长

我感到一个庞大的组织生长

呵，火似的生长

呵，山似的生长

他将要烧毁一切

他将要压碎一切

他将要获得一切

尽管你

侵略者的贪婪的眼

无耻地望着我们的山与山

山与山的连云的城堡

准备着最后一口气的

绝望的进攻

但□我们的心

凭着人民的意志所举起的刀枪

无□的刀枪

要在每一块有着中国人的足迹的地方

给你以顽强的回答

给你死亡

哦哦，风哟，山的风哟

你狂野的呼啸在山与山的峰顶的风哟

给我们歌

哦哦，水哟，河的水哟

你在黑的夜里泛着幽微的银波的水哟

给我们歌

给我们歌

山的林哟

给我们歌

夜的星哟……

你看我的兄弟们

又去战争

还要战争

更加勇敢地战争

继续战争

艰难地生活

前进在战争的桥上

要去到自由和幸福的彼岸

呵呵，兄弟们呀

兄弟们呀

兄弟们呀

让你们刚刚在白天放下了犁锄和镰刀的手

紧握着自己的武器

为着劳动的武器

听我的歌

趁这黑夜

我们去

那边

就在黑夜和白天会合的地方

燃烧着一片旭日的天下

从我们这连山的峡谷通到广大的平原的海边

有一个新的同志的国家

自由的和平的国家

广开着穹窿的天的门

在那门上像在我们每个人的心里

大大地写着

写着那伟大的

红光灿烂的字句

——"爱，

劳动与真实。"

他就这样写着

呵，他在向我们招手

他在向我们招手

趁这黑夜还没有尽

我们去

我们去

去夺取敌人的最后的阵地

我们去

去忍受像在孕妇临盆以前的痛苦的时间

呵，我们去

星哟，哦哦，夜的星哟

照我们的路

风哟，哦哦，山的风哟

吹着我们兴奋的脚步

哦哦，水哟，河的水哟

在黑的夜里泛着幽微的银光的水哟

给我们唱

给我的兄弟们唱

拍□着我们的战斗的歌……

一九四二年九月二十日，平山

（《晋察冀日报》1942年10月14日）

同志没有走

——奶奶的话

曼晴

孩子,
不要哭了呵!
同志没有走,同志上山打仗去啦!

你看!那个常摸你的头发的指导员
不是挎着小手枪,
领着头儿爬山吗?

你看,山上不是正在摆旗吗?
他们在那里打游击,
他们在那里架电线呵!

那响着炮的是鬼子兵
——他要来毁坏咱们的家,杀咱们的人,
没有安一点好心啦!

孩子,
不要哭,不要撒野,安静一点!
穿上那件小棉袄,
跟奶奶到山里去吧!

咱们的机关枪响了。

你听！孩子——多么好听呀！

这是那个小麻子打的啊！

——小麻子，

你不是常跟他一起玩，

他背着你，你骑在他脖子上叠罗汉吗？

带着你的干粮。

对！奶奶的鸡蛋也带上，

你可以上山慰劳他们呵！

孩子，

千万不要哭！

同志不会走——打了胜仗

他们就会回来呀！

(《晋察冀日报》1942年11月1日，《子弟兵》副刊第63期)

在农民家里晚餐

林英

秋天的月光笼罩着

战争卷过的院落

院落比池水更要平静

我坐在院子里

像坐在深夜的森林里

让沉静洗涤着精神和肉体的疲困

"同志饿了吧？

先吃几个枣。"

房东老太太给我的温情

挑动了我对她——像对母亲似的尊敬

借着月亮的光

借着生活经历的光

她把窝窝头做得像饼干一样

她端出了一盆黄菜

又把留给儿子的萝卜丝拿出来

她叫小孩放盐到菜里

孩子习惯地

不敢多放一粒

借着月亮的光

借着战争的光

她又吩咐孩子

"多放一点盐，

再多放一点。

同志们辛苦了，要吃得口重点。"

我默默地咀嚼着

我以为是在自己家里

然而，我却是在一个农民的家里

秋天的月光笼罩着
战争卷过的院落
我坐在农民家里晚餐
我饱餐了人民对子弟兵的温暖……

十月二十一日黄昏

（《晋察冀日报》1942 年 11 月 3 日）

诗 三 首

　　十月革命节，二十五周年纪念大会席上，感赋。是夕，观抗敌剧社上演《史可法》歌剧。（次鲁迅先生《感旧》之韵）

——于力

荡灭虾夷洽是时，待他燕草碧如丝。
风传晓角元戎令，日射星门上将旗。
世界大同真有象！腐儒末技可无诗？
明年此月嘉平会，准定金台展舞衣。

　　十月节之夜观《史可法》歌剧有感，即步于力先生次鲁迅《感旧》原韵。

——邓拓

风雨鸡鸣起舞时，朔边飞雪正丝丝。

万方杀气腾山海，十月军声壮鼓旗。

欲饮黄龙番汉酒，愁听往史宋明诗。

从今无复梅花岭，莫洒英雄泪满衣！

　　十月节之夕观演《史可法》歌剧有感，步于力先生用鲁迅《感旧》原韵。

——锺泠

□传英烈庆良时，廿五功完理乱丝。

只手回天称柢柱，同声荡寇树元旗。

诗成薄海承平颂，先唱孤忠绝命诗。

一劫扬州三百载，梅花岭上拜冠衣。

（《晋察冀日报》1942年11月20日）

祝　　山
——为勇敢的人而作 并献给十月革命节

田间

山呵

——一个人

穿着黑袄①

戴着毡帽

像一棵树

---

① 报纸原文"黑""袄"两字中间有一个空格。

长在砂里

他站在岩石上

他想

为了祖国

我应该

和岩石一样

就是敌人的炮弹

打过来

打碎了

——我

我也要

一片片地

躺在这里

而且

不需要谁

为我哭泣

甚至呵

把我的名字

刻上墓碑

呵，哪怕

乌鸦

啄去

我的头颅

呵，哪怕

牧羊们

踏掉

我的骨头

哪怕

我的血上

长起草

也不一定

需要一个坟墓

我呵

我只愿望

在将来

——老沙河旁

有一个广大的农场

这农场

尽量种些麦

也要种稻米呵

老乡们

多爱稻米

到收割后

就该大伙

——那一年吃不着

三顿面的人

吃个饱

该喝酒

也就该酒

（不妨痛快地

喝一下子）

建一个酒厂吧

改造一下枣酒

这不是因为酒

因为我们

要更有勇气

更有愉快

要来喊

"看我们

来建设中国。"

农民同志们

每一个月

上阜平城一次

去开会讨论

新的农业计划

甚而

工业

甚而

矿业……

当他们去的时候

骡马的铜铃

叮叮当当

他们

就会唱

——唱我的歌……

我就愿望

我的歌

像沙河的水波

在阳光里

在枣的香味

和谷的甜气里

那么哗哗地

哗哗地

跟山活着

(歌活着,

世界唱着,

世界呵

要成为新的歌……)

他呢

他是谁

他是谁

——他是一个民众

他站在岩石上

眼睛

像□一样

这是深夜

暴风正吹着

白杨林里

呜呜地

——像古代的战场

黄帝驱逐蚩尤

黄帝的剑

呼上半空

奔在大雾里

而蚩尤在临死前

还要挣扎

不惜拿血珠

一把

一把

掷到

赤红的

金的盾上

或者像

胜利的马群

一窝蜂地

跑过砂面……

就在此刻

在暴风里

他

如一个野孩子

抱住紫的花簇

微笑

并且唱

——为着他的调门

适合于山

他要以铜嗓子

(短句头

像匕首)

唱山的祝词

山呵

请听

山呵

勇敢者

你,这才算是

一个英雄

瞧——炮火并没有

烧枯你的肤肉

在你的胸膛上

还长着民主、诗、花朵

战士的血

洗着你

(它甚至铺在你下面,

像到宫殿去的大路,

灿烂,

皎洁……)

你的法令

照人民的心制成

顽强、正直、信心

做了你的骨骼

战斗

如你的梦

你生活

和人民一般

人民拥着你

甘心做你的军队

而你，在暴风雨里

没战栗过一次

你常常亮着铠甲

站起来、瞭望世界

有时你沉思

有时你呼号

你呵，为了中国

当一位前哨

你像岩石

你又像菊花

你像鹰

你又像蜜蜂

你像笛子

你又像钟

你像诗

你又像散文

你像大炮

你又像匕首

你像马尔斯（注一）

你又像潘（注二）

你像聂司令员

你又像宋主任

你是战士

你是农民

你英武

你机智

你庄严

你活泼

你高大

你宽阔

你披着草

也不以为羞耻

你露出胳膊

也不以为贫穷

你是战争的养子

你又饲养战争

山鼠咬着你的果子

你在诱惑它

你知道

等它咬着一点

而你，你一下子扼死它……

——你是

英雄呵

山呵

同志

已经十一月了

天快要落雪

灰白的风

像狼在哼着

蝙蝠在抖着翅膀

想横飞哩

蝎子啦

也想站起来

呵，现在呵，如你所宣告

"黎明前的黑暗"

——那么，不妨

再擦一擦枪

在大树上，砸几颗钉子

来记忆战争的盟约

——战胜敌人

或者死……

你会完成历史

只有你，你会完成历史

你的面前

没有失败

即使是失败

你也要站在敌人肩头……

山呵

勇敢者……

大风

吹熄了

——它

稀索地落下来

这，比方说

蜡烛烧光了

留下一片油

在熔着

或者

正如

敌人

溃败在山的四面

他们的血块

被正义

被历史

被胜利

踏成白色

而他——一个民众

他的祝词

正朗诵完毕

鸟叫了

黄叶子落了

浅红的野菊花

轻轻地散着香味

岩石

像一位学者

在多年的钻磨里

忽然

望见真理

如火□

在闪灼着

它的灵魂

温暖起来

它的头额

耀起

紫的、微明的

愉快的光彩……

看

——那边

大岭上

有无数人

无数人

无数人

好似一群鹰

正在集结着

集结得多紧

——像铁环子呀

一个

套起一个

又围在一起

他们

在喊

"准备！

准备

冲锋呀！"

他们思索

也微笑

望着岭的下面

和这高高的

山国的天空

——那淡白的天空

太阳将要

如金鸟

从天空飞下

和山谈话

慰问山……

看

他们像鹰队在集结

他们要打垮从人类以来所未有的

一个淫污透顶荒谬透顶的大风暴……

他们

又喊

"我们

准备冲！

冲下去

就胜利了……"

他也唱

他也喊

呵，他不会唱

他哪里会唱呢

简直是嚷

"嗨、哈

哈哈……"

他的呼吸

这么急

连气也喘不过来

但他、他挺起胸

而且

将手

老远地伸着

他扶着荆棘

沿山羊所啃过的路

一直地

决不回头地

爬到岭上

和兄弟们

握住手

——他也要成为一个鹰

一九四二年十一月一日，夜作，于晋察冀

（注一）罗马神话中的战神。即希腊神话中的阿瑞斯。

（注二）希腊神话中的畜牧神。

（《晋察冀日报》1942年11月24日）

步韵和于力先生十月节诗

春甫

国运□危多难时

丹心耿耿鬓如丝

恨他强寇犹肆虐

庆我军威屡获旗

四野朔风驱胡虏

长流易水有雄诗

明年十月承平会

举世狂欢解甲衣

（《晋察冀日报》1942年11月25日）

祖国的歌

林采

血从帕米尔高原的峰顶滴到太平洋的碧波里

狂风怒号，轰轰的雷鸣闪闪的电

暴雨挟着海的啸声，岩石奔腾而去……

哦，看哟，一切存在的峰顶立着我们中华民族唯一的祖先

人与神的巨大的形象——向海去

剑啸着，剑啸着，以无敌的光荣照耀一切的民族……

呵，我若非生于苦难的中国

我怎会溅血地歌唱，生命献祭祖国的爱呀

看吧，可现在有什么人在反对我们中华民族的存在呀

使我们变成了……被压迫的奴隶的民族的

是来自那里的侵略者的火与剑的劫掠

一年又一年的，在我们的土地上杀戮我们的同胞呀

哦，你☐

几千年来我们祖先勇敢的血液滴到的地方

像草木披靡于狂风之前，你们都溃败了

去了！不敢再来窥伺我们圣洁的版图

而在这古树慈爱的深影下休息你们的手足，以兄弟的友谊呀

哦，兄弟呀，我们是爱和平的，我们是满足的民族

虽然苦，能够生活就好了，我们不要别人的东西

但是这终于成了罪恶了

暴风从海上吹来，东邻的强盗闯入国土

怀着征服的欲念，如食尸的枭☐

日本人哟，你对我们的作恶为了什么

难道你要富足地生，我们就应该贫穷地死吗

难道你要做暴君，我们就应该永世地做奴隶吗

不！兄弟们，像人一样地活，我们是需要的

以祖国的光荣相号召，我们反抗了，勇敢地战了

血流着，从山到海，向自由

战哟！战哟！不能屈辱地生，就勇敢地去死里求生哟

看哟！狂风怒号，我们的江河扬起洪波

黄沙蔽天，我们的山哟，掷出巨石

我们的森林哟，我们的草原哟，我们的湖泊哟……

哦，土地哟，激涨着仇恨的力，上刺刀，向敌去

无知的枭□哟，你懂得我们的力量吗

不是你要我们屈服，现在是我们要把你送进坟墓了

你的无知的邪恶已大大地破坏了我们的友谊

还要和平吗？——和平不是你的了

哦，兄弟们，战哟，坚持到底地战哟

直到祖国必然的曙光降临时

从我们伟大的黄帝轩辕氏到二十世纪的民主共和国

历史哟，我们开始裁判了

时间，暴君，战争，洪水和火灾

曾经埋葬了多少邦国在破旧的历史里

哦，祖国哟，我们如果不能为你的生存继续去战争

我们将要戴着枷锁去进坟墓了

起来哟！起来哟！切齿对着恶起来哟

为着祖国的自由，为着和平起来哟

为着我们的生命，为着祖先光荣起来哟

为着正义，为着最后的裁判起来哟

不屈服于几千年来的灾祸

难道屈服于最后两年艰苦的战争吗

永远像狮子一样猛勇地战哟

像我们的祖先一样光荣地战哟

难道现在屈服于这东洋小岛上的海盗吗

哦，从帕米尔高原吹来的狂风哟，吹哟

吹遍大海掀起山似的波浪哟，更勇猛地吹哟

轰轰的雷鸣闪闪的电哟，热情矫涨力量哟，击碎一切的恶哟

飞起来哟，岩石哟，黄沙遮蔽蓝天哟，推开乌云哟

让我们回忆起我们祖先光荣艰难的创业

用我们神圣的血液去惩罚敌人无耻的血哟

从戚继光将军的平倭到奴隶的二十世纪的崛起

这是历史最后的裁判了

哦，激战哟！激战哟！双手捧出生命来，捧出一切力量激战哟

时候到来了，反攻！从山到海地杀回去

溃败的敌人，就被歼灭在我们的土地上哟

  一九四二年十月十三日，深的平山的山里

（《晋察冀日报》1942年11月26日）

我 的 枪
——勇士们永远笑着……

田间

嗨

这家伙

他把枪挂到树上

就抽烟去了

那枪膛里

装着子弹

而保险机
没关好

"呷……呷……"

喜鹊
飞过去

白杨树呢
索索地
风吹过来

"卡!"

两分钟
枪走了火……

他——李诚同志
□活的儿子

十九岁
宽眼
大嘴唇

好像黄牛
莽里莽撞地

——我的枪

他抓住枪
他发抖……

我恨他
我又爱他

——同志
冷吧

——冷哩

棉衣
丢在班里……

——来
靠近些

我笑哇
——我欢喜说笑话
一把搂住他

——小李
要是死的话

也,也

搂在一起

现在,他的下巴

横摆在枪口上

"喀乍……喀乍……"

呃,天越发黑

像一块黑布扯开

喜鹊呀

叫过去

喜鹊呀

又叫过来

哗,哗

树林

闹响着

他妈的

暴雨

来啦

好大颗的雨珠

打在岩石上

嗯，真是岩石

倒越发亮

我们淋在雨里

四面像围着沙河

他——小李

死抱着枪

哈，哈

我笑笑

怕吗

我不笑

——小李

唱一个歌

——噢

唱不来

笨咧

笨咧

——同志

唱唱吧

我想讥□他

他老害臊

我就爱唱

我就好胡闹

——我死

也要死在歌里

——老王

瞧你唱……

嗨！这家伙

也反攻我了

——这一下

嗓子倒竖不起来

山那边呵

升起

一片白白的云块

天，较着爽快

有些红

（和小李的脸差不多红）

小李——背靠着那老白杨树

枪平直地横在肩上

——冷吧

——不

不冷了

怕冷

它老就冷

——冬天

快来啦

——来吧

——快下雪了

——下吧……

我有些闷

哼了两句

"黑暗

快要过去,

要勇敢!

要勇敢!……"

"卡!卡!……"

那小子

该死

枪又走火啦

不

两发

不

三发

——敌人来了……

他喊着喊着

他爬上一个坡

"哒,哒,哒……"

"卡!卡!……"

我要去找连长

我嘱咐他

——阻止敌人前进

"少放枪,
节省弹药。
等接近了
才打,
才打……"

唉
我忘记这么说……

主力一赶到
小李快死了

他还搂住枪
枪筒上滴着血

他的子弹带
也红红着

"子弹呵,
打尽了。"

那小草、那岩石
压上他的骨头
——我的
——枪

我的同志呵
还在喊哩

跑过去
我搂住他

他仿佛向我微笑
脸朝着我

他死了
他死了

乌黑的枪
红的枪
炀在他的手上

黄昏，金色的阳光
照着白杨树

树林呀
像座庙宇

——像洒上泥黄
像油上土绿

在树林上

鹰盘回着

天空呵
轻轻地响

呃，我的眼睛湿啦
我忍住泪
握起他的枪

——我的枪

他躺在树边
像牛啃着地

宽厚的头额
嵌着笑纹

诗说
"在今天——
更需要勇敢。
勇敢
也更高贵！"

一九四二年十月

（《晋察冀日报》1942年11月27日）

客馆秋怀（八首录二）

于力

荒村过雨暮增寒，岭底潺潺响夜泉。
敲枕风林新战伐，出窗霜月旧山川。
鲁连蹈湖羞秦帝，王粲登楼望楚天。
欲展秋思无健笔，雁声嘹唳正南旋。

一木能支大厦倾，鸣笳处处动边营。
甲兵犯老胸中有，筹策葛公腕底生。
万里疮痍人困顿，十年聚训计分明。
戡夷建国斯须事，跃马开河复两京。

十一月十三日，尚行，未定草

（《晋察冀日报》1942 年 12 月 1 日）

黎明前的鼓声

林英

晨鸡唱过三遍
黎明已是不远

呵，远方传来了鼓声

繁密的水雹似的

响彻云天的鼓声呀

组织着胜利快乐和光明

这是斯大林的鼓声

红色勇士的鼓声

铁木辛哥将军的鼓声

撕碎希特勒

在斯城的魔网的鼓声

朱可夫将军前进的鼓声

伏洛希洛夫元帅胜利的鼓声

二万万苏联人民

正随着斯大林前进的鼓声

像一阵不可抵御的旋风

像伏加尔河宽阔的波□滚动

向着被魔鬼奸污的白俄罗斯挺进

向着狼狈的希特勒匪军挺进

向着希特勒的一切喽啰们挺进

那进军的统一的脚步声

像发动了的机器一样有秩序呀

呵，我好像看见了

希特勒主义溃败的形象呀

赤着脚，穿着破烂的衣裳

倒拖着饥饿了的枪

像群受惊的鸟呀

沿着拿破仑败退的方向

漫山遍野的飞一般地逃遁呀

呵，更远的西北方

也传来了迅速的鼓声

这是谁的鼓声呀

为什么也响着斯大林一样的

胜利的轻快的旋律呀

是轴心的鼓声吗

不，不，绝不是的

他们的鼓声已经破烂了呀

呵，那是丘吉尔首相的鼓声

是罗斯福总统的鼓声

嗨，这鼓声敲得真好呀

这鼓声正紧追着

希特勒和墨索里尼

像怒吼的雄狮追逐着逃命的狼群

丘吉尔的鼓声喊着

把他打到地中海里去

罗斯福的鼓声喊着

把他打到地中海里去

两面鼓一同用劲地喊着

我们就要到欧陆去呀

呵，在我们的东南方

在辽阔的太平洋上

也有清脆的鼓声

那鼓声突破浓重的海雾

带着斯大林同一的旋律

向着我们奔来呀

呵，这是麦克阿瑟将军的鼓声

这是寇丁总司令的鼓声

这是南洋一万万人民的鼓声

呵，不久，这鼓声即将随着天明

像暴烈的火山一样响起来呀

呵，晨鸡又唱起来了

我披衣起床，带着武器

伫立在弥漫的晨曦里

呵，祖国的□声也震撼着山岳呀

不管是城市，不管是村庄

不管是山野，不管是田间

都是一个旋律的鼓声呀

不管是男人，不管是女人

不管是老年，不管是儿童

都敲响着复仇的鼓声呀

这鼓声真是比塌天还响呀

这鼓声压倒了东条的狂叫呀

我们的鼓手是毛泽东

我们的鼓手是朱总司令

你看他们靠得多紧呀

周围的无数的人群靠得多紧呀

他们正电一样轻快地

挥动着他们的鼓锤呀

鼓声向周围的人民高呼着

准备反攻

准备反攻

准备反攻

我们要随着那将升起的朝阳

到新的世界去呵……

十二月一日黄昏

（《晋察冀日报》1942年12月4日）

合　　唱
——反"大东亚战争"

集体创作　晋察冀诗会主持

狼
——日本□□现局吟

狼狂叫着，你看

猎人围在它四面□

（毕桑）

沟外

（一）

旷野变成了无人□，

草黄了，饿了的□盘旋天上，

繁盛的宗族灭了，□儿在野外，

在自由外，参加"孝子会"去。

（二）

饿□在破墙里找不着人肉吃了，

野狗死了，只有皮和骨头；

沿着旷野走着，

想着"明年胜利"是怎样□感叹呀！

（三）

感叹呀，感叹呀！

在军乐声里，让我咳嗽吧？

在会场里，让我邪眼瞧吧！

还是让我到野外吐吐气吧！

哪怕是在自由外！

（□马人）

胜利的果实

太平洋的绿波呀！呵，所罗门的岛呀！

当喋喋的鱼儿吃饱了冤沉海底的士兵的尸骨，

军阀们在举杯庆祝"胜利战果"呀！

（文豹）

鱼鸟二章
——给伪官兵

渴不饮盗泉水，热不息恶木阴，恶木岂无枝，壮士多苦辛。

——陆机《猛兽行》

（一）

呵，水呀！水呀！

混浊的，浅浅的，臭而窒息的水呀！

风刮着，太阳蒸晒着，

行将干涸的水呀！

看不到这边的世界，

清亮的，水草香甜的世界，

广阔温暖的世界。

鱼呀！鱼呀！难道你也不想跳一跳的吗？

生吗？死吗？

呵，头上将落渔者的网了，

跳呀！跳呀！

　　　（二）

狂风！狂风！狂风！

呵，暴雨！暴雨！暴雨！

雷劈着！雷劈着！雷劈着！

电呀……

树干折裂了！枝叶飘零了！根要拔起了！

呵，鸟呀！鸟呀！鸟呀！

窠要□了！

火花爆裂，射来猎者的枪弹。

生吗？死吗？

飞呀！

（林采）

　　　　　　　　　　　十一月二十七日晨

一个事实

在一个月夜里，

日本军官召集一个群众大会，

嘴里吐着白沫，

夸耀"皇军"的胜利。

谁知一阵喧嚣，
把会场扰乱了，
原来有五个日本兄弟，
吊死在会场旁边的枣树上。

（曼晴）

如果敌人不投降——就消灭他

中国人

记住

一切敌人的笑

都是假的

如果他不投降

——就消灭他

（田间）

（《晋察冀日报》1942年12月8日，《鼓》副刊第1期）

留别同志诸战友兼呈聂司令员及萧副司令员

于力

壮怀敢负一生身？垂老投边忝令闻！
乔木深时民聚社，众流归处士同群。
千金马骨酬知己，百里羊皮慕昔人！

抟转乾坤翻片掌，端凭吾党为更新。

十一月三日

(《晋察冀日报》1942 年 12 月 12 日)

雁　翎　队

蔡其矫

　　有人从冀中来，告诉我白洋淀的人民，是怎样用打雁的武器打敌人；现在他们已经组织起来了，以雁翎为记。

白洋淀，这梦想的地方，
像十一月的天空，美丽而安详。

在那静静的水面，走着无数的小船，
前面高举的船头上，架着无数的抬枪。

啊，是有多少肥美的雁群呵！
密集的雁群，骚扰的雁群，亲爱的雁群，
从湖面飞起，像一张罗网，牵过湖面；

这时，枪响了，在烟雾里有黑雁猝然降落；
于是平底船快快移行，船头激起白的浪花，
那萧瑟的芦叶遗留着雁的血斑。

而今日，人们不再用火药去对付雁群了，
因为战争侵入白洋淀，白洋淀兴起了反抗；

啊，那触目的汽船，骄傲□在水上行驶；
啊，那异国的陌生者，张着眼，在苇丛里寻找什么呀？

啊，青年们，快把船划出港汊！
我们生在白洋淀，白洋淀不能受欺侮；
在故乡的水面上和抢掠者决一死战吧！

啊，勇敢的孩子，快把抬枪扶准！
让波浪作为敌人永久的坟墓；我们歌唱着归来
迎接我们的，将是光明的村庄和欢呼的白洋淀！

（《晋察冀日报》1942 年 12 月 15 日，《鼓》副刊第 2 期）

祝刘伯承将军五十寿辰

【新华社延安十四日电】本月十六日为十八集团军一二九师师长刘伯承将军五旬寿辰，朱总司令、叶参谋长等特驰电致贺，兹探志如次：

一、朱总司令祝刘师长五十寿，诗曰：

戎马生涯五十年
凭歼日寇镇幽燕

将军猿臂依然健

还我河山任仔肩

二、叶参谋长《为刘伯承同志寿》七绝两首

太行游击苦纠缠

撑住平辽半壁天

遍体弹痕余只眼

寿君高唱凯歌旋

细柳营中静不哗

板垣破堵即吾家

将军五十人称健

斩得倭酋不自夸

三、杨尚昆、陆定一贺电：

伯承同志：欣逢大寿，特电驰贺，奋发神威，歼彼日寇。

杨尚昆　陆定一　十六日

（《晋察冀日报》1942年12月17日）

留别宾馆，兼慰国际友人林班两先生及其夫人

于力

风雨晨昏百日情，鸣鸡戒旦起重征。

棲形信宿桑犹恋（注），听水中宵梦益清。

满地干戈怀远道,一天霜露肃边营。

故园待扫虾夷定,返旗前驱奏凯兵!

(注)内典,佛说:宿于桑下,三日生恋。

(《晋察冀日报》1942 年 12 月 26 日)

大小麦粒(故事诗)

孙犁

那个大村镇上,

日本鬼子用一座土地庙,

成立一个"公仓"。

从城里开来十辆汽车,

汽车在深一脚浅一脚的路上哗啦哗啦响。

又抓到二十辆牛车,

牛儿们把头低到地皮上。

鬼子四出去抢掠,

重复着一串屁话,

荷着枪站在汽车沿上。

汉奸们分头到各家搜查,

大圈里、小囤里的,

全装到车上。

就是这么一回子事，
一百多口袋麦子进了"公仓"，
一个鬼子荷着枪守卫在庙门上。
晚上，月光照进庙里，
一只黄毛耗子穿来穿去。
判官的脚下，
有一粒年青的漂亮的麦粒，
轻轻叹着气。

他一叹气不要紧，
全仓的粮食都哼咳起来……
谁也没有睡着，
心里很乱。

青年麦粒，
走出来，
双眉紧皱。
这时候东南角上，
那是小鬼站的地方，
有人招呼了一声。
是一粒年老的，
却也很强壮的麦粒。
他说，
他望着青年麦粒说：
  "喂，这边来，
   你是我的一个侄儿哩！"

青年麦粒，

一听很生气，

他带着一肚子闷气走过去。

老麦粒说：

"你不认识我？

我和你爸爸是兄弟，

只有那么强壮的他，

才能产生这样强壮的你。

我和他一样身强力壮，

主人把我们种在肥沃的土地里。

他锄的勤，

按时浇水，

收割的时候，

我们全身金黄。

撒在场上，

耀眼的光亮。

女主人又把我们选出来当作种子，

去年才把你爸爸种上。

是他产生了你们。

我留在后方，

谁知道会遇到这般强梁？"

青年麦粒

稍稍平心静气。

他还有些怀疑这老头的来历，

他说：

"你既然和我是一家出来的，你讲讲我们的主人和他的田地。"

老年麦粒微微一笑，

表示他不会被这样的问题难倒。

他说：

"主人很年轻，

十分勤俭。

是一个村干部，

却从不疏懒地里的生产。

太阳没出来，

就站在我的身边，

我头上的露珠滴到他的脚上，

他呼吸着新鲜空气，

把臂膀舒展。

他用清凉的井水，

给我洗浴。

我们那女主人，

年轻美丽。

她不藏在家里常出去开会

也帮助丈夫收拾土地。

她牵着黄牛轧场，

用柔软的手,

把我撒在空中,

吹去糠皮。

他们很爱他们那个孩子,

……"

青年麦粒,

已经眉开眼笑。

老年人说的都是事实,

描写也很美妙。

主人们的心事就是这样:

麦子打得多,

孩子长得壮。

他说:

"你是我的伯父,

或者是一个叔叔。

我离开了可敬爱的主人,

心里十分难过。"

老年的说:

"我离开他,

一切希望都没有了,

不能生根在肥沃的土地上,

迎受热烈的阳光,

吸收清凉的夜露,

看狡猾的兔儿们竞走，

听翠绿的草虫儿歌唱。

我要在这里腐烂，

叫鬼子吃掉，

变成可耻的大便。"

青年说：

"我们的命运还不一样？

我这样年轻，

就遭了殃。

不能做战士的口粮，

去变成战斗的力量。

……"

现在，半夜，

鬼子穿着破皮鞋，

拍打拍打地响。

那只黄毛的耗子，

偷偷跑过来，

冷不防，

把老年的麦粒吞吃了。

青年的倒抽一口冷气，

赶紧跳到角落里。

他想伯父没有活命了。

又一想：

等着叫敌人吃掉，
倒不如叫耗子吃了。

且说那只黄毛耗子，
并没有把老头子吞下肚子。
它衔在嘴里，
要回到家去，
放在他们"公仓"里。
它的家离这里很远，
要经过一条长长的洞，
才能到哩。

它的家，
在一间茅屋的炕厢里。
它把麦子放下，
正要休息休息。

老麦粒也渐渐苏醒，
微微喘着气。
想到不装敌人的肚皮，
也暗暗欢喜。
就在这个时候，
一个火亮儿照到洞里，
又有铁铲的声音，
翻动炕上的甓。

黄毛耗子大吃一惊，
跑到洞口去看风声，
回来时焦黄的脸，
招呼着老婆孩子们：
　"快跑，快！
　主人来剿我们的窠来了！"
它什么也没顾的拿，
跑得像一溜烟。

铁铲的声音越来越近，
还有人说话的声音。
老麦子侧耳细听，
一个男人说：
　"你去拿口袋吧！"
老麦子听来，
好像他的主人。
过了一会，
一个女人说：
　"放在外面的
　鬼子抢走了。
　把留着做种子的
　也抢光了。"

老麦子一听，
正是女主人的声音。
他高声呐喊：

"回来了，回来了！

　　我在这里。"

一个口袋放在地上，

一盏油灯雪亮。

女人又对丈夫说：

　　"你看，准是耗子吃来着，

　　这样一颗肥大的麦子抛在这里。"

说着，她把这粒老麦子，

用好看的手指捡起，

投到口袋里去。

男人拿一条麻绳把口袋扎起。

女人说：

　　"我看明天就驮到集上卖了去。"

男人冷冷地说：

　　"你女人家，

　　知道什么？

　　驮到集上，

　　还不是给敌人送去。

　　是，他给你两张红票子，

　　可是那票子比冥国银行出的还不济！

　　我们却犯了一条罪名……"

女人忙问：

　　"什么罪名？"

男人说：

　　"你不记得

军民誓约上说：

不卖给敌人粮食，

不用汉奸票子。

我是抗日的，

怎么能把粮食送到敌人嘴里去？"

女人说：

　　"你一说，我也想起，

今年麦收，

要没有八路军来保护，

麦子就不能收到家里，

麦子是他们用性命换来的。"

故事到这里还不算完毕，

那个打破砂锅问到底的人

还要我说个仔细。

那粒老麦种，

躺在口袋里，

十分欢喜。

想起他那大侄儿，

又禁不住叹气。

他想：

　　"诗人们歌唱土地，

　爱好风光，

假如没有了粮食,

土地是干燥的,

风光也就飞去。"

一九四三年,春

(《晋察冀日报》1943年1月31日,《鼓》副刊第7期)

纺 车 的 歌
——献给一九四三"三八"节

王炜

纺车呵,

当你在黑暗的严寒的深夜里,

悲哀地唱起了

那古□的忧郁的歌,

满脸皱纹的□婆婆,

就在低声的□□里,

对□凄黄的油灯,

凝思着

自己悲惨的命运,

悽惋地微微地叹息□,

老泪滂沱……

哦!去吧!你,

古老的时代。
古老的纺车的呻吟!
在我们这儿,
今天已经不再存在。
这里□我们新的光辉的土地,
我们的姊妹们已经永远摆脱了
母代的奴隶的命运!

当你又被她们辛苦地摇转着的时候,
纺车呵,
你已经不再唱——
那古老的苦难的歌,
那被压抑着的无□的绝望的歌,
而是歌唱着劳动妇女的□力,
夸耀,希望和勇气!
你□快有力的歌调,
飘荡过这初春的温和的□夜,
亲爱的晋察冀的战斗之夜呵!
我望见了那闪烁在村里的□红的灯光,
就像望见了
老婆婆□着怎样温暖的幸福的梦,
小姑娘朝霞一般□□的嫩颊上,
是浮漾□怎样动人的
憧憬着明天的
年青的薇笑呵!

在这艰苦斗争的土地上，

亲爱的纺车，

勇敢地唱着

战斗的歌，

像一座银光四射的喷泉。

我□永不疲倦地

□□你——

你新生的勤劳的纺车呵，

一同欢快地

唱着歌颂的祝福的诗篇。

二月二十六日灯下

(《晋察冀日报》1943年3月7日)

为边区孩子而歌

欧阳君山

太阳出山了

太阳用红光抚摸着

孩子们健壮的面孔

孩子们扛着木棍

兴奋地在沙滩上行进

整齐的步伐合拍着

脉搏在沙粒上响动着

呵，这是我们战斗的小弟兄

新中国乐园的花朵

自由幸福的主人……

古老的国家的法律

从来蔑视着孩子们

它把他们和妇女一同

放到社会的最底层

他们的□魂是靠着地面

他们说话不值一文钱

他们的自由到处遭限禁

但而今，时代改变了

战争和时间作了证人

孩子们一样的

用生命编织着斗争

为着祖国的自由

看着在阳光底下

每个孩子的面孔

都洋溢着愉快的红润

看着孩子们中间

有的天真地挥着手

遥指着山顶的太阳

赞美着它的温暖的光芒

看着有的沿着流水欢唱

用祝福的歌声寄给聂司令

看着有的坐在河上

靠着杨树朗读着

"八路军是人民的救星"

我的思潮涌动了

我不禁想起了

普希金的"心是为着未来而生"

呵,我的小弟兄

我将以全部的热情

来拥抱你们

呵,我的小弟兄

我愿为你们

永远张开我的喉咙

像杜鹃

像布谷

像夜莺……

昼夜地歌唱春天的美丽一样

歌唱着你们黄金的生命

歌唱着你们遥远的前程……

四四儿童节前四日

(《晋察冀日报》1943年4月18日,《鼓》副刊第12期)

滦 河 曲

雷烨 遗稿

滦河的流水唱着歌,

歌声浮载着子弟兵。

子弟兵的青春——

好像河边的青松林。

滦河的流水含砂金；

金子好比子弟兵的心。

滦河的流水向渤海，

渤海岸上发源子弟兵。

滦河的流水发源长城外，

子弟兵回旋喀喇沁。

滦河的流水漂浮着死尸，

松林里的人民热爱子弟兵。

子弟兵，

像飞鹰，

回旋在家乡底河流上，

松林里的人民是好母亲。

青春的鹰！

勇敢的鹰！

冀东年轻的子弟兵！

（《晋察冀日报》1943年5月18日）

野 场 行

于力

宛宛石径黄岩（注一）深，惨惨白日天风沉。

时维五月之七日，国耻纪念卅年临！

寇氛一夕唐河至，搜剔奇袭到山林；

狼□□□躞（注二）西隅，禽奔兽突下千寻（注三）。

村众于时方恃险，寇来殊不闻蚤（注四）音！

敌围既合敌狞笑，生路已绝生望少；

可怜视间成死灰，可怜高天仰无告！

鬼魅□立影幢幢，鬼语啾啾闻嗥叫；

勾輈格磔（注五）言难通，殷勤汉奸为传报；

"'皇军'时代来野场（注六），尔众毋恐盍（注七）投降？

'皇军'从来爱百姓，'太君'要汝□窖蔽；

粮有几穴枪几许？何者山麓何山岗？

尔众毋□'太君'怒，□指一一陈兵详！"

言次汉奸欣□意，父老愤火烧中肠！

不待毕辞忘恐惧，妇孺戟指申申詈：

"吾侪奈何背宗邦，投降异类靦人世？

肯'借寇兵赍盗粮（注八）'，敢俾（注九）物资资敌众？

咄，汝人头乃畜鸣！咄，汝灵窍（注十）天良闭？"

□时村众怒不止，敌伪甘言唊（注十一）无已……

"吾侪但使一息存，誓爱边区爱乡里！

胁诱任尔诈万千，吾侪心似深井水。

'为虎作伥'污吾族，吾侪有死而已矣！"

魔计既穷魔掌现，青烟缕缕光□炉，

毒丸喷发机鞿羁（注十二），号嚚（注十三）呻嘶声声闻！

山峦屏息木战摇，陵谷处寂鸟飞窜！

儿哭呼母母抱子，妪强扶翁翁体颤！

肢体一痛心一掣，脑浆四射血四溅；

头足枕藉□□殷，血肉模糊睛突陷（注十四）。

心惊魄动二百人，俄顷毕命谁忍闻！

老弱青壮同首丘，夫妻亲子偕亡身。

义烈此节塞天地，慷慨此心泣鬼神！

吁嗟乎，太行南峙（注十五）松北口（注十六），滹沱蜿蜒走中原；

此为民族复仇根据地，优秀儿女民族魂！

自由之花遍野场，五月花开血泪痕！

自由之花血培植，以血偿血冤偿冤！

吁嗟乎，自由之花血培植，以血偿血冤偿冤！

附注：

（注一）黄岩：在野场南。

（注二）蹑：追踪。

（注三）寻：八尺曰寻。从千寻的高山往下跑。

（注四）蛮：脚步声。

（注五）勾辀格磔：成语，野鸟叫声。

（注六）野场：在完县一区。

（注七）盍：何不。

（注八）［借寇兵而赍盗粮］语见《庄子》，赍是馈赠，此句是说把兵器和粮食借与并送给强盗用。

（注九）俾：使。

（注十）灵窍：指心□。

（注十一）啖：甘言诱人。

（注十二）鞳鞳：机关枪声。

（注十三）嚣：呼痛声，《汉书》，《东方朔传》。

(注十四）晴突陷：眼睛有睁有闭。

(注十五）峙：矗立着的高山。

(注十六）☐：雄踞着的大山。

（《晋察冀日报》1943年6月17日）

坚　　壁

——摘自诗集《野场及其他》

毕桑

狗强盗，

你要问我么：

"枪、弹药，

埋在哪儿？"

来，我告诉你：

"枪、弹药，

统埋在我的心里！"

（《晋察冀日报》1943年6月23日）

平山康参议员子泽遭敌寇之辱愤恚自经诗以哀之

于力

鸿毛自重丘山轻,一辱公独耻令名!
烈士从来济世累,□□宁计惜身情?
康成遇盗获纾死,颜蠋逢仇不顾生!
最是伤心□口水,吞声终古恨难平!

（注一）古人说"死有重于泰山,有轻于鸿毛",但死得合□,虽轻亦算是重的。

（注二）郑玄,字康成。是后汉末年的伟大学者。曹操请他,不肯去。逃难的时候,遇□黄巾贼把他包围,问知是他,黄巾贼都向他下马□拜。

（注三）颜蠋是战国时代齐国的贤士。燕兵侵略齐国,逼他投降,他悬树自经,燕兵重他的民族气节,都"式闾"（向村口致敬）而去。和我们康子泽先生殉国的情形一样。但是敌寇的暴行,远不如野蛮的古代多多了。

（《晋察冀日报》1943年6月29日）

敌占区"防共"新谣

李明

定县伪"防共青年团"中现有一种歌曲甚为流行,他们唱得津津有味。歌词如下:

共产党为咱忙,

为咱们敌占区的苦老乡,

帮助咱们把敌防,

防止鬼子的三比戈,

防止据点里要白洋,

防止特务的把门叫,

防止伪军的闯进房,

我们防共呀不必防!

(《晋察冀日报》1943年7月3日)

纺 绵 曲

曼晴

"楞,楞",纺棉花,

纺了棉花给谁呀?

——谁也不给,

纺成线儿去卖啦!

卖了钱

换米呀

换面呀

男女一齐抗战呵!

纺花纺到月东升,

院里明亮,屋里黑洞洞,

男孩子哭,

女孩叫

唤着妈妈去睡觉!

孩呀孩,

你别哭

明天给你买豆腐!

孩呀孩,

你再叫,

明天给你买山药。

纺花纺到星满天,

纺车吱咀吱咀乱叫唤,

"补剂"一根一根的没有了

穗子大得像鸭蛋,

嫂子呀!

你睡吧,

我想把活赶完它,

上了岁数的熬不得夜,

年轻的人儿怕什么!

纺花纺到东方亮,

公鸡叫,

黎鸡唱:

棉花纺了个干干净,

心里真是高高兴,

从此后:

不信菩萨不任命!

家业本该用手挣。

"楞,楞"纺棉花,
纺了棉花给谁呀?
——谁也不给!
纺成线儿去卖啦!
卖了钱,
买针呀,
买布呀,
男女一齐抗战呵!

一九四三年六月十二日,去唐县路上

(《晋察冀日报》1943 年 7 月 23 日)

吴 满 有

艾青

编者按:艾青新作《吴满有》为中共中央提出文艺下乡入伍,文艺为工农兵服务的划时代的伟大号召后的成功之作,在延安春节文艺运动时,得到广大读者的称赞。《解放日报》曾于社论中推荐,久为我边区读者所渴望先睹,本报特将全文逐期转载,并附作者《附记》,不只为我边区文艺工作者下乡工作后文艺新方向的参考,且对我边区创造劳动英雄,及通讯员同志反映生产□□的现实上有重要意义。

一、写你在文化界的欢迎会上

像一个年老的新女婿,
你一身全是新的——
新的黑棉袄,
新的白棉裤,
新的灰毡帽。

你是一个新农民,
你过的是好光景;
身体结实健康,
腰上束着腰带,
脸上闪着红光。

拿惯镢头的手,
拥在袖子里,
脚上是白的毛线袜子,
黑的双筋鞋。

你走进青年俱乐部,
你走上主席台。

箫儿响了,
胡琴响了,
献花的人走到你面前,

鞠了一个躬，
把一朵大红花
插在你的衣襟上；

好多礼物摆在桌子上，
好多人看着你，
好多人向你敬礼；

你接受了礼物，
又接受了敬礼，
像采果子一样自然，
像娶亲一样快活，
像选举一样严肃；

你两弯胡子在动，
嘴张开着，
耳朵听着，
眼睛眯笑着；

大家鼓掌，
你站起来，
走到桌子边上，
满脸是善良；

你说话了——
慢慢地，一口陕北腔，

你说着过去的日子。

二、写你受苦的日子

你小时候,
给人家拦羊,
挨打挨□;
为了把羊喂饱,
你空着肚子,
从这山头
爬到那山头。

等你举得起镢头,
你帮人家种地。
一年又一年,
真是愈种愈穷;
直到三十四岁,
北边闹荒旱,
大大小小一家人,
"下南路找吃!"
你从横山逃难到延安。

你带着几张嘴,
啥也没有,
当着大风砂,
坐在路口。

你到吴家枣园,
住在一间破窑里,
衣服遮不住身体,
和婆姨两个人,
砍柴烧炭过日子——
山多人少柴炭贱,
枉费力气不值钱。

荒旱好像追赶你,
它也来到了延安,
天天晴空百里,
看不见一朵云,
太阳是一个大火炉,
把禾苗都烤死,
种庄稼的没饭吃——
大家吞糠皮,
吃榆树叶子。

为了救几个孩子,
你把三岁的女儿
给了一个地主,
换五升糜子。

饿得没有办法,
你们上山挖苦菜,
用开水冲去苦味,

大大小小抢着吃，
婆姨吃病了，
没有钱医；

谁看见过饿死的人？
吴满有看见过——
吴满有的婆姨是饿死的。
她死的时候真难看，
脸上一阵青一阵白，
嘴唇焦得像菜干；
她死的时候真可怜，
一心只想吃碗面，
吴满有到那儿去找面？

吴满有对她说：
"先吃黄连后吃甜，
先吃糠麸后吃面。"
但是她却死了。

你借了五六块钱，
买了一口棺材，
买了几张纸钱，
把她埋在荒地里。

活着的就更苦了——
一个九岁的女儿，

一个七岁的儿子,

最小的才两岁,

一双双饥饿的眼睛,

都睁得大大的;

一个个小小的脸,

皱得像老人。

三个孩子挤在炕上,

不是赤着上身,

就是光着屁股,

脏得像猪子,

瘦得像猴子,

大的叫喊,

小的啼哭。

军阀时代,

穷人比狗还不如,

活着就像走绳索,

一个不当心,

马上会丢掉生命;

收税的像"活无常",

"一手拿个枪,

一手拿个绑"。

为了欠几块租钱,

你被绑到城里,

为了交不起"维持费",
你捆在深山里。

你没有土地,
没有耕牛,
没有犁耙,
像一头牲口,
不说话——
痛苦藏在肚子里,
仇恨放在心里。

你辛辛苦苦,
把收成给了地主,
留下几颗杂粮和粗糠,
吊着几条命,
在世界上受苦——

难道种下去的是谷子,
长出来的是秕糠么?

莫非世界上真有一种人,
活着是为了受苦么?

三、写你翻身

一九三五年
革命来了,

它好像一个霹雳,
把所有的人都震醒。

天突然亮了,
山突然青了,
人突然年轻了——

你参加了游击队,
带着红缨枪,
在山沟里守卫,
你年轻的弟弟,
参加了革命的部队。

耕地的向地主要还地!
耕地的不是他们!
耕地的是我们!

欠债的向债主要还钱!
欠债的不是我们!
欠债的是他们!

军阀和官僚
像老狼似的逃走了,
像老狐狸似的打死了。

革命胜利了,

劳动者翻身了——

你领到了牛和羊，
领到了一个山头的土地，
你一家不愁穿，不愁吃，
也没有人敢欺负你。

世界变了，
人人务正业，
没有偷牛的贼，
没有劫马的土匪，
家里平安，
走路也平安；

一来公家人，
总是坐在一起，
商商量量，
和和气气，
女的像姊妹，
男的像兄弟。

而今是穷人的天下，
自己种地自己吃，
自己织布自己穿，
不是为了军阀，
不是为了官。

四、写你勤耕种

你工作很刻苦,

窗子还没有透光,

就起来喂牛;

太阳还没有上山,

就赶着牛去耕地;

直到星星亮了,

你才回到家里。

你耕地耕得深,

打土打得烂,

上粪上得多,

锄草锄得勤;

你的庄稼,

比谁也种得好——

烈日晒不枯,

大水冲不倒。

秋熟天,

谷子熟了,

你赶忙割下,

谷子长得大,

一穗抵五根,

又肥又重,

像一条条狗尾巴……

到黄昏，
晚风凉，
一家都在打谷场，
欢欢喜喜，
忙忙碌碌，
你打谷呀——
我扬谷……

个个冬天，
别人都吃闲，
你却不休息——
忙着拾粪，
赶着砍柴。
为来年打算；
把犁修好，
把牛喂肥，
准备春耕。

三月里，
好天气，
你就上山耕地，
地虫睡觉醒来，
你一锄一锄翻了土，
翻好了土是清明，
天在前面撒春雨，
你在后面撒种籽……

你这样勤忙，
从来不愉□，
年年开荒，
天天早起晚睡；
你心里明白：
而今做活，
而今流汗，
不是为别人，
是为革命，
是为自己。

没有饿死的长大了，
一个个都胖胖的，
女儿长得俏，
大儿今年二十岁，
小儿进了学校。

问你吴满有：
"谁带给你好日子？"
你说："毛主席！"
你说没有他
你就活不成；
你说他到那里
你就跟他到那里。

五、写你发起来了

几年过去，

你发起来了——
嫁了女儿,
又娶了媳妇;
光景像春花春草,
一天更赶一天好,
暖炕暖窑;

炕上铺的是毡子,
蓝底马褥子;
叠的是新被子,
绣花枕子;

门顶窗格子,
贴满了剪纸;
狮子、酒壶,
凤凰鸡,
蛇盘兔,

开门见喜
一抬眼是启明星。

新打的磨石,
就在不远,
一心盼望滚转;
那只黑母猪
躺在旁边,

鼻子埋在土里面；

白的叫明鸡，

拖着长尾巴，

站在木棚上，

伸着头，

张着嘴，

一阵又一阵，

向着太阳叫唤……

从你门前看出去，

只隔一条山沟，

对面山头就是你的地——

是你一锄锄开辟的；

你的打谷场，

上面平坦坦，

和你的地相连，

高高地站在那边。

两条犍牛仰着头，

尖尖的角朝着前面；

一条母牛在它们旁边，

把头俯□石槽里，

——就在去年

她给你生了两个儿子，

现在它们也正在吃草,
那两个小小的头额上,
已露出了小小的角尖。

牛栏旁边小窑里,
一匹红马,
一匹白马,
一匹年轻的公驴,
头朝里面站着——

你一走近这些牲口,
它们就转过头来,
用大嘴来嗅你的手,
等你给它们干草和黑豆。

在门边的羊圈里,
两百多只羊,
老是进进出出一大阵,
羊栏的木栅上,
贴着"三百维群"。

你指着白白一大片,
你说:"看!
这值多少钱——
羊毛,羊皮,
羊肉,羊油,

好多羊羔,

羊羔大了

又生羊羔……"

你快乐得像在梦里,

看见一大堆银子……

六、写你爱边区

黄土山呀——

黄泥水,

高旱地呀——

多风砂;

边区原是呀——

苦地方,

十年便有呀——

九年荒。

地主剥削呀——

无止境,

军阀压迫呀——

更凶狠,

不是打来呀——

就是杀,

吃不尽的苦头呀——

是穷人!

自从出了呀——

高司令、刘司令,
咱们穷人呀——
才算翻了身,
苛捐杂税呀——
齐废除,
打倒军阀呀——
讲民主,
家家户户呀——
都安宁,
山也绿了呀——
水也清。

只要不是瞎子,
谁都看得见;
政府是人民的政府,
他为人民办事情,
办好办坏自己提意见;
军队是人民的军队,
士兵是人民的子孙,
他们爱人民,保护人民。

你记得受苦的日子,
你记得自己怎样翻身——
你缴十二石公粮,
一千斤公草;
你买一百五十元公债,

出六七百元公盐代金。

你劝庄里人，
都像你一样，
多出公草，
多缴公粮；

你说："八路军在前方，
和日本鬼子拼着命，
就是为了老百姓，
没有他们，
边区怎能够太平？

我们在边区，
过着好光景，
就是八路军的功劳，
我们不多缴公粮，
他们饿肚子打毬仗？"

好老吴是有良心的——
你说："我受过革命的好处，
我是革命里爬起来的，
我忘不了革命，
我真心爱边区。"

好老吴眼睛看得远——

你说:"啥都是革命给我的,

只要革命需要,

我怎样都行,

啥也可以还给革命。"

只要想一想:

军阀时代怎么样?

边区时代怎么样?

心里就不会糊涂了。

难道刚把眼泪擦干了,

就连记性也没有了么;

难道舌头碰上甜,

就连苦处都忘了么?

吴满有瞧不起那种二流子,

吴满有是个好公民——

凡是公家事,

你总是拥护,

总是宣传;

凡是政府号召,

你总是抢先响应。

轮到你自己,

你是又勤劳,

又俭省,

捡不好的"使唤",
捡旧的穿;

你吃的是小米饭,
玉米馍馍,
菜叶子汤,
喝洋芋、
南瓜糊糊。

北边来了难民,
你借闲窑,
借粮、借盐、
借镢头、借种籽,
帮他们找荒地,
鼓励他们生产——

你对他们说:
"我来时候,
一满没办法,
比你们不如,
比你们苦……"

全个吴家枣园,
大大小小都欢喜你,
附近种庄稼的,
个个都佩服你;

人人都说：
"老吴人算是第一，
老吴受苦算是第一。"

你是二乡的优抗主任，
你自己就是抗属——
你的年轻的弟弟，
在陇东警备团里。

你是他的好同志，
前年他回家，
只在家里住一天，
你就要他回部队去；
你是他的好兄弟，
你知道在部队里，
比在家里苦，
你常常托人写信，
二百三百的给他寄钱。

你天天关心抗属，
送代耕粮、借谷子，
看见谁家娃娃没衣穿，
你回家找衣裳；
一到黄昏没有事，
你就动员少先队，
给没柴的担柴，

给没水的担水。

豆子向好人碗里投,
你是二乡的参议员——
你对人一满和气,
你热心给公家做事,
你说:"帮助公家
就是报答革命,
没有公家,
咱那里有今天?"

只有那些二流子才会说:
"号里无马,
拉驴支差",
他们不做事,
还要说怪话!

公家是老百姓的公家,
老百姓帮公家
岂不是帮自己?
公家和老百姓
像手和身体分不开,
天下没有傻子
要把自己的手绑起来;

公家是船,

老百姓是水,

水帮着船走,

没有了水,

船怎么能行?(一首歌)

七、写你当了劳动英雄

去年四月底,

边区出了劳动英雄,

你猜是谁?

不是别人,是你!

你在山上拦羊,

人在山下喊你:

"好老吴!

你当了劳动英雄!

政府要来奖励你!"

你说你不配。

你不配,谁配?

你开荒开得多,

种地种得多,

打粮打得多,

缴粮缴得多;

过了几天,

你的名字

像一朵朵牵牛花,

开在《解放日报》上!

二乡的农民,

远远近近赶来,

吹吹打打,

开大会庆祝你;

延安县的刘县长,

在台上宣传你;

高司令,

林主席,

都给你锦旗;

还有好多奖品,

还有四把镢头。

从此吴家枣园,

天天有人来问:

"吴满有住在哪里?"

从此你家里,

客人坐得挤挤的,

墙上贴得热闹闹的……

新闻记者来看你,

照相师给你照相,

做歌的把你编成歌,

画画的把你刻上木刻；

人们天天在谈你，
不认得的也寄信给你；
你的事情被写成洋字，
用无线电送到外国去。

今年延安县选举，
你又做了县参议员，
人家一问起，
你就说："是的——
在南区
刘县长第一，
刘主任第二，
王委员第三，
我第四。"
恭喜你啊——吴满有！

八、写你叫大家多生产

今年过春节，
文化界请你上延安；
好多机关请你吃酒，
好多会请你发言，
你一开口，总是说：
"咱边区好，
公家好，

毛主席好,

毛主席的计划好。

毛主席好计划,

农民好执行,

农民不好执行,

毛主席有好计划也不行。"

你又说:

"公家多生产,

减轻老百姓负担;

老百姓多生产,

多缴公粮;

要人人过得好,

军民大家多生产。"

你又说:

"一九四三年,

边区劳动英雄,

不只我吴满有,

赵占魁,黄立德三个,

一九四三年,

劳动英雄愈来愈多……"

人家问你,

今年的计划,

你不肯说，

你叫他等着，

看今年年底。

你说：

"以前没当劳动英雄，

还能好好办；

现在当了劳动英雄，

更要好好办。"

你叫大家和你比赛，

叫大家向你看齐；

你要边区人人都生产，

人人都做劳动英雄，

不留一个二流子！

九、写你的欢喜

而今你披着旧皮衣，

里面露出新棉袄，

襟前插着那朵大红花，

你走在延安街上——

一个庄稼汉，

人人朝你看，

人人知道

吴满有就是你。

延安真是一个大花园,
里面天天是春天——

你串来串去,
看见样样都新鲜,
个个人脸上是笑容,
个个场子都有锣鼓声……

一群一群的学生,
穿着各样的衣裳,
有的举旗子,
有的抬画像,
有的跳舞有的唱……

这里"扭秧歌""打花鼓",
那里"莲花落""走高跷",
看完了《老汉推车》,
接着是《坐旱船》……

好老吴,你知道么——
今年春节,
为啥这样欢?

让我一件一件告诉你——
第一件:
中国苦了一百年,

人家不把我们当人看；
直到我们打了五年仗，
美英才和我们订条约，
主张废除不平等；

第二件：
苏联和德国的战争，
红军又是打胜仗，
斯大林格勒杀敌三十万，
德国军队已逃到边上；

第三件：
今年是生产运动年，
目的要把生活来改善，
只有吃得饱，穿得好，
才能发挥革命的力量；

第四件：
政府号召要拥军；
军队号召要拥政爱民；
后方生产为前方，
前方作战为后方，
军民团结像钢□。
今年赶走日本人。

老吴知道自己是个庄稼汉，

主要的任务是多生产。

文化俱乐部,
留你多宿一晚,
你不肯,
你牵挂家里,
牵挂今年的春耕——
好像年轻汉,
牵挂新媳妇,
你老是想起:
你的地、你的牛,
你的马、你的羊,
你的驴子……

你像一株树,
年轻时候,
受够风吹雨打,
没有叶,
也没有枝;
直到年老,
才风调雨顺,
开满花,
又结满果子……

你已平五十了,
看起来却还年轻,

人们要给你做寿,
你反对,你说:
"把日本打下了,
再慢慢来……"

日子温暖了,
你的皮肤晒得通红,
你的手一刻不停,
刚拿下鞍架,
又去敲犁底的木栓;
你的脚走来走去,
从窑洞走到窑外,
又从马槽走回到羊栏;
你的嘴和气地笑着,
你的快乐说不完——
这快乐不只是你一个人的,
这快乐是中国庄稼人大家的。

你站在吴家枣园的坡坡上——

你的脸像一朵向日葵,
在明亮的天空下面,
连影子里都藏满欢喜。

一九四三年二月

(《晋察冀日报》1943 年 8 月 12 日、8 月 13 日、8 月 14 日连载)

节 令 歌

一

使用阳历真方便,
二十四节不用算:
上半年来六廿一,
下半年来八廿三,
有时虽然不准对,
相差不过一两天。

二

立春雨水惊蛰苏,
春分清明谷雨泛,
立夏小满到芒种,
夏至小暑到大暑,
立秋处暑见白露,
秋分寒露霜降枯,
立冬小雪下大雪,
冬至小寒大寒无。

三

春雨惊春清谷天,
夏满芒夏二暑连,
秋处露秋寒霜降,

冬雪雪冬小大寒。

(《晋察冀日报》1944年5月6日)

反对懒老婆小调
——劳动妇女的创作

张一

满城东峪村陈印卿（妇救会主任）领导的纺纱小组，现已进一步发展为拨工组。这一个组的特点，不仅是在集体生产上有成绩，而且是与学习紧密接合得好。一面紧张地劳作，一面进行识字唱歌，开展文化娱乐工作，在她们是已经成为习惯了，不久前，该组玉兰（十六岁）、翠卿（十七岁）、王凤田（十八岁）三人，用"王大嫂看沟调"合写了一个《反对懒老婆》歌，从这里面我们不但可以看出她们在生产学习上的进步，而另一方面，也显示了劳动妇女的创作才能。为保持原来面貌，现在把《反对懒老婆》一字也不改地发表如下：

大家唱

我们村里有个懒老婆，
东家串来西家摸（磨），
一摸摸（磨）了个大上火（晌午），
吃了上火（晌午）饭还是摸，
一摸摸个老爷（太阳）没，
老爷没！

懒老婆细听我说,
人家做活你不作,
问你懒老婆为什么!
为什么?
人家纺线你不纺,
你还要破坏纺纱组,
看你懒老婆太捣蛋,
太捣蛋!
今年是个大生产,
多纺线来多织布,
我们不做懒老婆,
懒老婆!

懒婆唱

主任细听,
我一定要改过,
今年闹生产,
我一定要生产,
要生产!
诸位同志你要听,
我要是来不改过,
全体会员打击我,
打击我!
今年是准备反攻年,
粮食充足才能抗战,
明年是个反攻年,
反攻年!

我们村里抗属多,

八路军一定要解决困难,

人人都说八路好,

八路好!

(《晋察冀日报》1944 年 7 月 29 日)

韬奋先生挽词

五律二章

八表同昏日

扶危失此人

邹阳(注一)曾寄狱

龚胜(注二)竟亡年

鸟印空长寂

萍踪语尚新

弥心当易篑

犹惓念吾民

盖棺一世了

廿载溯嘉行

终始千秋业

哀荣四海名

英灵邀党□

贞骨托延城

一瓣心香祝

高风仰后生

（于力）

（注一）邹阳是汉初的文学家，曾被统治者逮捕下狱，写了著名的《狱中上书》。韬奋先生亦姓邹，所以就用他来作比。

（注二）龚胜是前汉末年的著名学者，曾因受王莽的迫害，绝食而死。死后有一老汉去哭他说："象有齿自焚，兰以膏自煎，嗟乎，龚生！竟夭天年！"意思是"本来可以活下去的，竟这样死了！"表示很同情他的。

悼韬奋先生

五十春秋四海名，

中年蹈励气峥嵘。

尸灰余烬心犹热，

寇祸燃眉事可惊！

易箦遗言忧故国，

归魂入党托生平。

斗南今日断肠处，

又弱星华护路氓！

（邓拓）

（《晋察冀日报》1944年11月2日）

太原流传"四大天"

高

太原市民,在对敌愤怒和目睹敌人败象下,流传着一个小曲,叫"四大天":

建设厅办事情一手遮天,
剿共军欺负人万恶滔天,
建设团吃不饱肚皮朝天,
太原市看一天不如一天。

(《晋察冀日报》1945年1月11日)

劳动人民的创作

□行

在共产党领导下的边区新民主主义社会里,广大群众的生活得到改善,群众的抗日积极性空前提高。群众的创造天才大量发挥出来。下面的两个歌谣小调便可看出那□诬□群众为"无知"的法西斯分子是如何无耻了。放羊工人牛玉生在抗战前不识字(那时的统治者剥夺了他的权利),抗战后到现在,在共产党领导下,他已学会了二千多字,自己编了很多歌颂共产党八路军的歌谣小调。去年五月四日,他参加一分区群众大会,听了洛唐哥的拥军事迹,见到杨司令员代表军区向拥军模范给奖,非常感动，回去即做了一个崔洛唐十二月的小调，他在龙华县群英会上曾亲自演唱，得到到会英雄模范和干部的一致赞扬。张国权是葛存村的人，现在当了区大队长，他见到在共产党领导下全村生活大大改善，也做了一个《跟着英雄们齐向前》的小调。歌颂领导人民向自由前进的共产党八路军。

崔洛唐十二月

正月里来是新年，易县第九区出了模范，大家不知听我言良，模范名字崔洛唐，一心坚决把日抗，咳，拥军的意识特别心强。

二月里来是新春，崔洛唐想起日本可恨，苦害诸位好黎民，到现在受国难，皆为日本是反叛，咳，他把老百姓都害可怜。

三月里来桃花红，崔洛唐心中思□聪明，想起八路军真英雄，上前线去战争，杀死鬼子狗娘生，咳，保护这百姓都得太平。

四月里来麦梢儿黄，崔洛唐心中泛了思想，想起八路军救命星，他待我有恩情，爱护贫民老百姓，咳，改□贫民□彻底实行。

五月里来麦子熟，崔洛唐好比作领袖，这样领袖真不错，领导大家这样做，拥护边区救中国，咳，日本小鬼他是难活。

六月里来三伏天，崔洛唐心中说出实言，八路病号家中占，不能嫌他麻烦，两眼带笑心喜欢，咳，好比咱亲哥哥来到家园。

七月里来立了□，崔洛唐心中思想根由，想起八路军真公平，不压迫老百姓，政治说服讲理情，咳，这样好的军队爱护群众。

八月里来秋风高，崔洛唐家中养下病号，他待军人一百成，对病号有真心，比着亲哥哥强三分，咳，八路军是我们的好恩人。

九月里到了霜降，崔洛唐发愁心着忙，日本鬼子快到家乡，心害怕泪汪汪，三位病号那里藏，咳，想了个办法转出家乡。

十月里来立了冬,崔洛唐心痛病号寒冷。尊声贤妻听端详,给病号烧热炕,就是没面做碗汤,咳,咱们是心强命儿不强。

十一月里来乍冻了河,崔洛唐出言叫声哥哥,三位哥哥仔细听,跟着我受苦情,受苦享福也高兴,咳,咱们这逃出了一条活命。

十二月里来整够一年,一专区开会选出模范,这样模范第一名,宋专员、杨司令,二人都把(洛)唐哥称,咳,你看这样有多光荣。

(牛玉生)

跟着英雄齐向前

十月里来立了冬,各村里正在选英雄,人人能把英雄作,只要大家努力干,跟着英雄齐向前,嗯嗳哟,争取个英雄也不费难。

英雄的名字真光荣,边区各地把报登,各村的人民是都知道,当英雄实在好,男女老少忘不了,嗯嗳哟,千万千万跟着他学。

四四年开展大生产,葛存村人民大改变,过去的穷人是多半数,没饭吃没衣穿,老百姓真遭难,嗯嗳哟,八路军来了才把身翻。

自从来了八路军,工农的生活得到改善,贫农又把中农变哪,不愁吃来不愁穿,中心工作来生产,嗯嗳哟,闲的时候上民校。

今冬的民校要开展,识字哪运动最当先,每人每天都来识字呀,识字多来懂道理,写写算算也可以,嗯嗳哟,边区要扫除有眼瞎子!

(张国权)

(《晋察冀日报》1945年2月3日,《英雄与模范》专刊)

日本士兵厌战的歌声

叶兵

下面这几个歌,是流行于几乎全华北的敌军内部广大士兵之间的。我们且由这里,来看今日日本士兵的生活和情绪,究竟是到了怎样的地步。

春天高兴呵

一

春天高兴呵!
一个人懒洋洋地在站岗,
赏花归来了的女学生,
看她看得眼痴,忘记了敬礼,
——一下子坐了二十天的"禁闭"。

二

春天高兴呵!
器械操和刺杀术
可怜的新兵在做各个教练,
腿伸不直,下巴却拱出
——吃了"耳光",天黑了。

说是"春天高兴呵",不料却唱出如此的苦相。下面这首,反映了新兵的思乡厌战情绪。

我的歌

一

来到华北的河北省,
那是独立二中队。
被可恨的一年兵打了,
哭泣着,难渡长久的岁月。

二

远离故国,
举目无亲……
接着书信无限的欢欣,
是爱人她的笔迹。

三

熄灯的号吹响了,
五尺的寝台,干草的床铺,
那是我们的梦之床,
但愿梦见怀恋的家乡。

四

辛苦的勤务是放夜哨,
正睡熟了,被人唤叫,
如果是打瞌睡……
那就要到"禁闭室"去受罪。

下面这首歌是回忆起出征时娇妻难舍之情景,不觉牵起了万缕乡愁。

带走我吧

一

用手拉着你腰间的军刀
带走我吧,到前线
带着走虽是容易事
但那是不要女人的警备队

二

如果是禁止女人的部队
且把黝黑的长发全剪掉
换上军服,化了装
带我走吧,到哪去都好

三

月光照入"内务班"
手拿相片泪涟涟
我有这样好妻子
一个人睡觉太可怜

此外,吃不饱饭,也是今天敌军士兵的最大苦恼。这反映在下面一个歌子里:

厌倦了的军队

厌倦了,厌倦了的军队呵!
白铁的饭碗和筷子,
我也不是成了佛,
一饭一菜太无情!

按:日本的风俗,在给神佛上供时是只有一小碗菜和一小碗饭的；这歌在日本国内各部队之间也颇为流行。

然而日本士兵们在痛苦的体验中，已不只是单纯地对军队生活厌倦，随便唱一下就了事。在下面的歌子里，便反映出他们对志愿参战者之讽刺与对统治者之愤懑。

陆军数数歌

在谁都厌倦的军队中
也有志愿参加的混虫
——还说是什么为了国家
唉呀呀，唉呀呀……

权门财阀

权门财阀，
虽傲居于上，
但却无思国忧民之心。

这种呼声在今天虽尚是较弱的细流，但它却将有增无已；日本军部的统治，会随形势的发展而日趋动摇。

(《晋察冀日报》1945年6月10日)

当我看见了你

王炜

当我看见了你

亲爱的塞上的都市

我勉强把要滴下的热泪吞起

千年的风沙你不会衰老

八年的苦难你是怎样度过的

当我看见了你

我又是怎样的欢喜

从今沙漠里也要遍开花朵

战斗的人民

将永远歌唱着你

(《晋察冀日报》1945年9月15日)

烟筒在喷吐黑烟

王炜

烟筒在喷吐黑烟

机器的巨轮在旋转

是我们自己的工厂呀

工人不再是奴隶似的卑微

★★★★★

要多加煤呀

叫轮子快些旋转

敌人并没有放下武器

战士们还在前线血战

★★★★★

快些！快些呀

叫轮子快些旋转

我们是工人阶级呀

我们不知疲倦地支援前线

（《晋察冀日报》1945年9月16日）

民谣偶拾

丁东

目前在国民党的统治区，流传着好多民谣，这里面有极丰富的社会的现实性，流露着纯朴的人民的感情，揭发了国民党黑暗统治的实情。

例如从下面这两段歌谣□我们就可以知道，国民党统治区的人民是怎样看国民党政府的官场的？

一

半分责任不负，

一句真话不讲，

二面作人不羞，

三民主义不顾，

四处开会不绝,

五院兼职不少,

六法全书不问,

七情感应不灵,

八圈麻将不够,

九流三教不拒,

十目所视不怕,

□货生意不断,

千秋事业不想,

万民唾骂不冤。

(见宝鸡《西北晨报》)

二

迟迟上班签签到,摆摆龙门说说笑;

理理抽屉磨磨墨,写写私函看看报;

会会客人谈谈心,解解大便屙屙尿;

打打电话喝喝茶,马马虎虎办办稿;

等因奉此未完结,匆匆忙忙下班了;

下午姗姗再来时,照例依然那一套;

如此这般啥子官,待遇却比我的好!

我欲把酒问青天,天下公平事何少!

(见重庆《万象周刊》)

这是□幅逼真的画,这证明了国民党腐朽的专政,中国人民是完全清楚的。哪怕国民党反动统治压迫舆论再利害,封锁地再严，但人民自己的声音还是能用各种各样的形式表示出来的。又如——

甲长是条路，
保长得个布，
邻长太肥了，
白天揽不住。

庄稼是豆腐，
昨天割肢股，
今天割胸脯，
后天骨一副。

小麦刚上仓，
秧苗快金黄，
稻□未成堆，
谷子都抢光。
（见《新华日报》）

　　这是广大的农民被剥削敲诈的□声。多么悲惨的"骨一副"！

（《晋察冀日报》1945年9月24日）

一朵红花

戚云远

戚云远先生是大后方的诗人，这首诗发表在今年三月十八日的《新华日报》上，□歌唱陕甘宁边区的。

咚——呛，咚——呛呛，
咚——呛，咚——呛呛，
来呀来呀，在山沟里
坐个圈圈围靠着竹篱笆，
看哪，那山坡上那黄桷树下
都站满了人。
今儿个太阳也真好，
晒着新棉袄，晒着山上的草，
晒着山沟里的一条小河，
那晃眼的水花笑着乐着流过。

咚——呛，咚——呛呛，
咚——呛，咚——呛呛，
那是谁家的小媳妇
接进门就整天劳苦，
做饭、镢土、种菜、织布，
还得好心好意对着不成器的丈夫。
看她举起了镢头望着山，
一片荒地变成了耕田，
看她在窑洞里织布纺毛，

一家人穿上了新的棉袄。

咚——呛，咚——呛呛，
咚——呛，咚——呛呛，
几千年从根也没有，
乡下的小媳妇抬起了头。
世界原来没有定规，
谁来到世界是要欺负谁，
大姑娘小媳妇第一次看出，
在这世界上自己的能力。
三千里外的窑洞前，
多少婆姨在织布纺线。

咚——呛，咚——呛呛，
咚——呛，咚——呛呛，
看那小媳妇出来哪，
衣襟上带着一朵红花，
这是她整年整月的勤劳，
把荒凉的地面在手下改造，
这是几千年妇女的眼泪，
结成今天英雄的花蕾。
这是成千成万姐妹们的骄傲，
红花就是解放的路标。

咚——呛，咚——呛呛，
咚——呛，咚——呛呛，
场子里的人静静地听，

我最熟悉的庄稼人的歌声。
这鼓这钵这音调，
是这样地在我的心里跳跃。
看了这三千里外音乐的舞步，
怎么能不想想谁还在吃苦。
看这新时代的小媳妇像谁，
多少人望着她感动得流泪。

咚——呛，咚——呛呛，
咚——呛，咚——呛呛，
太阳爬上了山半坡，
山沟里热烘烘地闹秧歌，
一群小鸟望着小河，
为什么要用篱笆来束缚，
这北国的歌声，雄壮的音拍，
把三千里的篱笆给我打破。
咚——呛，咚——呛呛，
咚——呛，咚——呛呛

(《晋察冀日报》1945年9月25日)

送毛主席飞重庆

萧三

毛主席坐车一进飞机场，

千百个人立即大鼓掌。
千百双眼从此看不转睛,
一直送他到飞机上。

敬爱的毛主席!
至亲的毛主席!
戴一顶盔形帽,
穿一身蓝布衣,
他踏上了飞机。

毛主席站在飞机的门口,
慈祥地望着来人一挥手。
众人鼓掌然后手齐挥,
场中顿时长出千株柳。

□□森林起了一阵雄风,
□□□飞上了天空。
□面上千万颗人的心,
□禁不住怦怦地跳动,
都跟着他到了云中。

是的,不论毛主席是在云端,
或者是落在什么地面,
千万颗心,万万颗心——
都时时系在他身边。

而毛主席的大的心,
时时处处关怀着人民。
他这一次飞去重庆,
就是举着人民的大旗前进。

大旗上两个字最分明:
和平!
还有四个字很真切:
民主!
团结!

让这面大旗飘扬在全中国!
让这面大旗飘扬在全世界!

人民反对内战!
反对独裁!
反对分裂!
和平、民主、团结,
三者不缺一——
这就是人民付托给毛主席的旌节!

人民感谢他救人民于水火的精诚。
人民信任他的大智,大勇,大仁。
人民衷心地祝福他康健!
人民用自己的力量维护他的安全!

毛主席飞去了，

脸上含着几分忧色。

他一贯忧国忧民的心，

今天更加显露了出来。

毛主席！你暂时离开延安，

人民像暂时失去慈父的抚爱……

但祝你此行一路平安！

但盼你早日胜利归来！

我们很快就要看见你，

我们敬爱的毛主席！

至亲的毛主席！

戴一顶盔式帽子，

穿一身蓝布衣，

笑盈盈地走下飞机……

一九四五年八月二十八日自飞机场归来

(《晋察冀日报》1945年9月26日)

控 诉 吧

流茄

过去

有人欺侮过你，

你背地里流过辛酸的眼泪，

咽下了冤屈；

因为

日本在这里。

今天

你说出他来，

用不着长久的叹息；

因为

狗的主人——日本法西斯

已经倒下去。

我们□被解放了的人民，

要活得如意，

控诉吧

大胆地控诉吧！

因为

有民主政府做主，

八路军保护着你。

（《晋察冀日报》1945年9月27日）

崇高的喜悦
——长诗《最后的笑声》之一章

原火

一位值日的老人,
正在把两封鸡毛信
从自己的村子,
渡过宽阔的拒马河,
送向另一个村镇。

拦腰的河水,卷着泥沙,
湍急地冲撞着;
老人迟漫而稳重的在水中跋涉。

当这老人刚越过河心,
脚下的急流稍稍平稳;
对岸忽然走来了一个八路,
　　——个年轻的好兵;
在大声地呼唤着老人。

"喂,老汉,有个好消息,你可知道,
有个喜信给你报告报告,
真是一个大喜信呀!
日本鬼子投降了!
日夜盼着的那一天已经来到!

咱们这八年的艰苦可没白熬……"

还没等对岸把话说尽，
老人就慌忙地抬起眼睛；
在急流地吵嚷中，
他不相信自己的耳朵还能管用，
拖着颤抖的嗓音，他急切地反问：
"呵，同志！你说什么？
　　你不是说着玩的吗？"

"这样的大事谁还敢开玩笑，
这是昨儿黑间来的电报；
日本鬼子确实投降了：
　　——前天苏联出的兵，
　　昨天鬼子就没了寿命。"

呵！这迅雷，这魄丽的太阳刚掠过□□，
这老人是多么奇怪的表情，
他大睁着眼睛，瞪着那个兵，
脸上只浮现着微微的笑容。

青年说一句，
他就"好——好——"地喃喃两三声，
直到他完全把青年的话听懂；
他突然变成了另一个人，

他脸像热烈的朝霞，烧得火红，

双目浴着泪水，像两颗亮星，
两手胡乱地在怀中搜寻，
高昂的狂笑是那样年青。

他突然从怀中摸出那鸡毛信，
双手捧在胸前，像孩子似的□□□□：
"哈哈，也有这么一天！
　　真的也有这么一天吗？
　　……"

狂喜使老人忘掉了急流的□狠，
他久久地站在河中。
迟重的身躯突然失去平□，
两臂一扬，老人跌□在河心。

"受惊了，老人！赶快回到家去，
烧点热汤压压惊！"
待青年从昏迷中把老人救醒，
他脸上还罩着那天真笑容：
"不吃紧，同志！不吃紧，
只要看见了这一天，
死也死得有劲，
　　——让我去把这信□□前村……"

一九四五年九月廿九日

（《晋察冀日报》1945 年 10 月 4 日）

自动交换机室里

张市电话局工人 子燕

自动交换机在哒哒地响，
每个工友的工作多么紧张！
这已是光复的国土，
这已是我们自己的工厂！

努力啊！
　为了新中国的建设大业，
努力啊！
　为了劳苦大众的受享；
不要像敌人在时马虎去充挡。

用心学习来提高我们的技术，
细心修理不让机器发生故障；
要使它各部动作灵敏，
把电气通信的效率增强。

自动交换机在哒哒地响，
每个工友的工作多么紧张！
这已是光复的国土，
这已是我们自己的工厂！

（《晋察冀日报》1945年11月10日）

从 军 行

蔡其矫

在柴沟堡的站台上

在柴沟堡的站台上,
一群刚从火线下来的伤兵,
平静地叙述前线的战争。
这里夜已深沉,是降霜的冬夜,
月光像冰光寒冷,照在战士头上、肩上和枪上,
他们叙述战争,有如叙述平常的故事,
但他们控诉敌人的罪行,声音充满愤怒!
他们已经是八年的战士了;
为着人民的自由和生命,八年中流过血,
为着同样目的,现在还要流血!
他们平静地叙述战争,却愤怒地申诉人民地不幸。
月光依然像冰光照澈四野,这是降霜的冬夜。

湖光照眼的苏木海边

湖光照眼的苏木海边,
走着八个年轻的士兵;
戴着火焰般的狐皮帽,
浑身闪烁健康、快乐和青春。
他们是偶然掉了队,又偶然遇在一起,
现在是结成小队向前进。
他们时时爆发笑声,使停落的鸽群飞起!
这粗壮的笑声,是山里勇敢人民的标志。

他们向前进，去找寻自己的队伍，

在寂静的草原上，在湖光照眼的苏木海边。

兵车在雨中前进

兵车在雨中前进，

飘扬起士兵的歌声，

这歌声是勇敢的战约、神圣的誓言；

这歌声是人民的呼唤、家乡的祝福；

这歌声是真理与正义地依托，

为人民去战斗，一切人都是大勇者。

兵车在急驰，带着歌声向前去。

头上是低垂的云雾，

脚下是怒潮似的车轮声，

汽笛更是万众地欢呼。

草舍、山丘、牧野都一齐回应；

轮声、笛声、歌声，笼罩四野，

人民的大军在前进！

一九四五年十一月

（《晋察冀日报》1945 年 11 月 29 日）

坐在自己的火车上

肖白

秋天是美丽的，

秋天的朝阳更美丽。
朝阳照在自己的轨道上，
轨道闪着灿烂的光亮。

在这自由的轨道上，
一列火车向张家口开；
我们坐在车厢上，
好像坐在云彩上。

年轻的笑声和□声，
像旋风一样，
在车厢里震荡；
妈妈们抱着孩子在吻，
孩子的脸红了又红；
老年人将着花白的胡子，
笑容堆满了皱纹。
八年呵，漫长的时间，
我们第一次享受着，
这么高兴的兴奋的感情！

八年呵，
轨道像一柄利剑，
握在敌人的手里，
时时威胁着我们。
今天人民的队伍，
把它从敌人手里夺过来，

交给人民享用。

人民——

永远是它的主人！

火车向前急进着，

一切静止的东西，

远远地留在后面；

火车向前急进着，

车上的渣滓，

都被抛下去；

火车向前急进着，

载着忠实的队伍，

张家口越来越近。

秋天是美丽的，

秋天的朝阳更美丽，

我们坐在自己的火车上，

生命比朝阳更美丽。

(《晋察冀日报》1945 年 11 月 30 日)

人民的张家口

子 口

一

兴奋的火车把我们带到张家口。
我们欣快地迈入了自己的城市,
在这塞外底风沙的黄昏里。
看!你仿佛一位多难的老人呀,
坐在山口中沉思。

——八年了!
那群凶恶的吸血鬼,
那群无耻的黄狗子、黑狗子,
用沉重的镣铐锁住我们的手脚。
用粗大的长绳绑住的身子,
不止的毒打和惨杀发生了!
一个追逐着一个,一次连接着一次!
哦,哦,——这些血淋淋的故事
　　　　　这些饥饿与鞭打的日子。

无论孩子和老人都不会忘记,
在那屠场的西沙河的两岸上。
还能瞧见同胞们未干的血迹,
排立于宣化大道的电线杆哟,
它还记得:

多少好兄弟的影子

被狱牢的黑门所吞噬。

二

八月来了——

中国人民的军队打来了——

长久期待的好日子呀,

同他们一块打进来。

秋天,驾着她的胜利的大船,

箭一般地飞到张家口,

这船儿载来了两个人,

——幸福和自由。

快乐的八月的风呀,

它充当了一个光荣的殷勤的报喜人,

它激动地呼啸着,吹打着。

将那久久关闭的苦难之门,

通通推开,并大声喊:

"喂,快呀,快起来!

兄弟们,姊妹们!

欢迎救星呵,

欢迎我们英勇的子弟兵⋯⋯"

张家口!这个可喜的秋天。

是你的生命的第一个春天呢。

如今——你换上了合适的新衣,

你奔流着热烈的血液。

呵，张家口呀！

你的悲痛的恐怖时代过去了！

你登上了新时代的车子。

从此，你的人民不再受欺。

从此，清河桥下的流水不再哭泣。

在你春天的土地上，

青草将自由地生长，

鲜花将旺盛地开放。

三

张家口，我们自己的城市！

从你的周围，

沿着长长的山路，

在广阔无垠的蒙古沙漠里，

人们争先恐后地走来了！

你看——

他们赶着成群的羊儿、马儿、骆驼……

他们扬起长鞭，

他们吆喝着、歌唱着：

"到张家口去！

到自由的城市去！"

这里是我们民族古来团圆之地，

不管是汉人、蒙古人、回族人，

我们本是□家兄弟，

但，现在我们用比兄弟更亲切的称呼，
互相喊着：
"同志！"
——这个永恒友谊的标志。

张家口，我们自己的城市！
生活在你的热忱的日子里——
每个人的脸上，
都放射着从来没有过的，
明快而安详的光。
每个人都挺起主人胸膛的，
欣然漫步在
桥上、巷子里、马路上……
那卜卜卜工厂的机器声，
那大街上车马的喇叭声，
那火车的汽笛声，
那教堂的洪亮钟声，
这所有自然的美好的音乐呵，
都伴着那四处腾起的歌声，
在尽情地合唱，
——一首和平建设的战歌，
歌声的音响，
放肆地飞扬，
飞到天上，天上的云彩跑来了！
飞到山里，山里的树林跑来了！

为庆祝我们城市的解放，
他们都高兴地抢着跑来了！
跑来加入我们的大合唱。
你听，你听……

四

张家口，我们自己的城市！
一大早，太阳就笑嘻嘻地升起，
伸出热烘烘的双手，
摸着这亲爱的土地。

那林立的大烟囱和凸出的高房顶，
如同无数的大炮和钢刀，
插入这早霞飞舞的天际，
整个城市，浴在灿烂的晨曦里，
你的精力显得更饱满无敌，
你的样子显得更年轻美丽。

美丽的张家口，我们勇敢的城市！
正是你为□国献身的时期。
开动你的轰鸣□马达吧，
坐上你的战斗的车子吧。
头上是和平照耀的天空，
脚下是平稳安宁的土地，
看哪——在远远的天边，
繁荣的旗帜在召唤你呀，

召唤你快去收获更多的胜利。

哦，张家口——我们青年的城市！
　　　　　　我们勇敢的战士！

壮大起来，沸腾起来，
不容许那群肮脏的狗东西，
来沾污我们神圣的土地，
来，来！将你的自卫的武器，
拿起，举起！更高地举起！
　　　　　一九四五年十二月三日早晨于张家口

（《晋察冀日报》1945年12月6日）

人民的狂欢节

艾青

"日本无条件投降了！"
消息像闪电
划过黑夜的天空
人们从各个角落涌出
向街上奔走
向广场奔走
"日本投降了！"

没有话比这

更动人

更美丽！

有人在点燃火把

有人在传递火把

有人举着火把来了

拿着火把的都出发了

一个、两个、三个、四个……

愈来愈多了……

愈来愈多了……

什么地方在不停地敲着钟

钟声向世界宣告：

"正义胜利了！"

"伟大的人民胜利了！"

"苦难的人民胜利了！"

快乐的锣鼓响了……

人群，到处都是人群

感激□染着感激，

欢喜□染着欢喜，

个个都□着胸脯，

高高地举着火把，

跟随锣鼓

拥向街市……

所有的门都打开

迎□欢乐，

款待欢乐，

欢乐是今天夜晚最高贵的客人。

锣鼓的声音

直冲到天！……

连星星都要震下来了！

洋槐树都震得抖动了！

火□照耀着队伍，

锣鼓伴送着队伍，

队伍来到了空场，

队伍走成□□又厚又大的圆圈。

人人的脸映着火光，

人人的心□火把一样，

忧愁被锣鼓赶跑了！

阴影被火光吓退了！

锣鼓更响了！

火把更亮了！

天地合抱了！

笑呀！叫呀！

奔呀！跳呀！

舞蹈呀！

拥抱呀！

没有人能抑住自己的感情！

人人的心都像火把一样燃烧……

地壳在群众的脚步下震动了！

这是伟大的狂欢节！

胜利的狂欢节!

解放的狂欢节!

这是中国人民

用眼泪换来的欢乐,

用血汗栽培的花果,

这是毛泽东同志朱总司令

八路军新四军带给我们的幸福!

这是斯大林元帅

伟大红军带给我们的幸福!

这是人民和自由解放的婚礼!

男的个个是新郎,

女的个个是新娘!

告诉我:

什么夜晚

能比今天

更□□?

更美丽?

告诉□:

什么欢乐

能像今天夜晚

这样激荡万人的心呢?

(《晋察冀日报》1945年12月24日)

生命的春天

——献给张市工人首届代表大会

厂民

一

天上结着冻云,
河里结着坚冰;
风尖厉地吹刮着,
寒冷在每一个空隙里逡巡。
——这是冬天,
这是塞上的冬天。
你们,全市工人的代表们,
正满怀热情,
从城市的四面八方,
从每一个工厂、每一种工作场所走来。
脸上带着抑止不住地笑容,
胸前挂着战斗和胜利的徽章,
你们就像过节日一样,
说不出的欢快和兴奋。

——你们的心里在想:
这不是冬天,
这是生命的第一个春天!

二

你们应该是世界上最富有的,

你们却是最贫穷。
你们灵巧多茧的双手,
用不断的劳动,
创造了世界,创造了财富,
创造了这塞上电气化的城市。

而那些法西斯,那些反动派,
——人类的骗子和盗匪,
却抢夺去了你们的所有,
连你们的血汗、自由和生命。

八年来,你们被鞭打着、奴役着、
公开或秘密地屠杀着,
你们饮着眼泪坚持下去了,
因为你们相信——
总有一天会回到祖国的怀里,
总有一天工人阶级会得到翻身。

三

你们是不错的,
这一天真的来到了,
这光辉的晴朗的日子,
由于亲爱的兄弟——
英勇的人民子弟兵的帮助,
你们终于和这城市一起解放了。
"有冤报冤,有仇报仇!"

向剥削者清算吧，
向压迫者无情的斗争吧！
胜利归于你们，
光荣归于你们！

你们从地上爬起来，
从□棚和地穴和坟坑里爬起来。
住到了曾是亲手建筑的红房里；
身上穿的是新袄，不是麻袋，
锅里煮的是白面，不是腐烂的山药和糠皮。

嘹亮的汽笛的鸣叫，
不再带来饥饿和痛苦的威胁，
而是愉快的劳动的召唤：
工作不是逼迫，
却是对于建设的责任和权利。

你们是自己工厂的管理者，
这城市的真正的主人！

四

"今天的起来——永远的起来，
今天的胜利——永远的胜利。"

我听到你们地控诉和欢呼了，
那久经考验的电灯工人

一九二五年的老革命的话,
那像他所开驶的火车头一样
魁伟的铁路工人的话,
和朴素的电话工人的话,
年轻的自来水工人的话……
所有这些女工、童工和无数工友的声音,
怎样使我感动和振奋!
你们的语言那□响亮,
那样斩钉截铁地有力,
——因为这是工人的语言,
马达的语言,金属的语言,
锻炼了的钢铁的声音!

你们的欢快那么真挚,
那么富有感染性,
——因为你们受的侮辱最多,
被苦难压抑得最沉重,
所以你们觉悟得最彻底,
你们的笑也最美丽最□人。

五

你们把一万四千人的心意带来,
又把共同的决定带给一万四千人(注),
为了生活得更好,
为了既得的胜利更巩固,
你们要使团体结得更广泛更紧。

让那些反动派滴着馋涎,

而又害怕得发抖吧,

你们却要迈开阔大的步子走向前去;

让鲜明的大旗高高地举起,

让全中国全世界都听到你们的歌声。

(注)张市有工人二万多,这儿仅指已参加工会的。

十二月二十日,参加张家口全市工人代表大会归来后写

(《晋察冀日报》1945年12月25日,《工人创作集》专刊)

小 调

张家口检车段 王全治

七七事变,卢沟狼烟,日寇野心,吞霸东边,这时走狗,施展手段,亲近倭奴,组织伪团;

这个时候,商民□艰,警察特务,万恶滔天,殴打老幼,强奸妇女,捉着抗日,眷属青年,皮鞭抽打,这还不算,再灌汽油,把小米掺,可惜一命,已染黄泉,将人毒死,再用狗餐,男女同志,惨不忍观!各货统制,不准运搬,设立经济,检查官员,车上搜索,更不能看,殴打男女,丑事多端,拉至厕所,检查大烟,非法搜查,下部摸遍,此种行为,天良尽散。

经济警察,特务班员,私用毒品,无人敢管,铁路员工,开支有限,家中数口,少吃无穿。

无有粮食，无有银钱，每月配给，黑豆糠面，家中老幼，叫苦连天；有心去外，跑点米面，得来余利，换米饱餐，连去两次，可巧遇见，经济官员，终日查盘，得着米面，不问根源。

手铐带上，扭至警院，走狗翻译，大声呼喊："你这小子，无所不干，定与八路，私运子弹，还有那些，白面大烟，你若化钱，当天就完，如不化钱，送你法院。"铁路工人，哪有余钱？怒了贼子，满嘴胡翻，绳绑铁锁，送至法院，父母难逢，妻子离散。八月十五，三十四年，时间上午，正十二点，日本昭和，放无线电，宣告投降，无有条件，敌人走狗，东逃西散，八路解放，来到张垣。开放监狱，才见青天，回到家中，老少相见，从此以后，得到团圆；恢复工作，大家喜欢，事事解放，居家安然，安良除霸，人民自安，民主自由，拥护民权，全国团结，一致生产，内外和平，快乐永远。

（《晋察冀日报》1945年12月25日，《工人创作集》专刊）

闻昆明学生因反内战而流血有感

陶行知

一

流血
流胜利血
流内战血
现在是反内战也要流血

二

战士流血

人民流血

现在学生也轮到流血

三

流吧流成血的鸿沟

让洪沟里注满了血

内战魔鬼渡不过去

中国庶免于毁灭

四

死吧前仆后继地死吧

让死尸像楼梯样排列

自由神走得下来

千古奇冤一齐雪

五

我要问一问主要的凶手

请你凭良心讲一讲

如果被杀的是你自己的儿子

你该怎样想

如果被杀的是你自己的弟妹

你该怎样想

"闹民主都是异党"

反内战也像异党

我杀的不是儿女不是弟妹

我杀的是"共产党"

你既这样想

我有何可讲

我只问

你的太太怎样想

你的母亲怎样想

你在梦中怎样想

你老了孤单一个

回过头来又怎样想

是谁杀中国人

是中国的"好汉"

用的是哪儿来的枪

是友邦来的枪

射的是哪儿来的子弹

是同盟国来的子弹

让同胞都知道这件事

一齐起来制止这悲惨的内战

让朋友都知道这件事

一齐起来停止接济这悲惨的内战

　　　　　（《晋察冀日报》1945 年 12 月 27 日）

边区自卫队

胡沙

一、反对内战动员大会

六月天
穿着白色的裤褂
头上扎着羊肚毛巾的英雄结
扛着雪亮的矛子
鲜血一样的犀牛毛的枪缨

农民脸上的皱纹
浮出褚红色的笑容。

啊——
那整齐的四列纵队来了
从山那边过来了
束着□色的腰带子——
自卫军，边区自卫队
浩浩荡荡地过来了。

踏过了木桥
那不可阻挡的人们伸展过来了
汹涌澎湃地过来了。

没有洋号

没有大鼓
脚步声却把山谷踏响了

嗓子愤怒地吼着口号
心胸都要炸裂
那日夜叫嚣的流水也合严了嘴

这是一条长而宽的花带子
把群山紧紧地束在一齐吧

这是我们的新的长城
巍峨地立在山头
万丈高山上。

踏进了松枝扎的彩门
到了会场

穿着花色毛衣的少年
穿着蓝布衣的妇女
穿着灰色军服的炮兵
穿着白裙的护士
拿着小旗在人缝里穿的儿童
四周排着杂色的人。

自卫队坐在左边的地方

枪尖的闪光把溪流挡住了

把左边的枣林遮住了
把那山脚下的骆驼、毛驴
马、叫驴都遮住了

枪尖是那样亮
枪缨是那样红
枪杆是那样密。

准备好
反动派总是忘不了我们的
我们处于呼号和抵御中

散会的时候
每一个人
连那漂亮的少年们
都涨红了脸
胳膊也扩张了
捏紧了肿胀的拳头
走得是那样快

当心点，人们
这是上了膛的枪
这是掀了盖的炸弹

十二月三日夜

（《晋察冀日报》1945 年 12 月 28 日）

赴　敌

罪犁

脚像一阵风

向着

远的前方

挺进

脚步

轻轻地落着

不要给敌人

做了信号的代用品

手

按着枪机

万一碰了头

不能使一个魔鬼

从眼底划过

迎头一声炮响

空气

宣布出

战斗的场面将临

忽地

像似有

千百支手

向他们摇摆

千万颗泪

向他们呼吁

这些

有如一块吸铁石

吸着这群

铁打的汉子

(《晋察冀日报》1945年12月29日)

我 回 来 了

李冰

一

月儿河

月儿亮

塞外的平川望不到边。

桑干河白茫茫，

树林里有几点□火，

北风撕着我的衣裳，

我进了村庄，

我听见狗咬，

我又闻见莜麦香。

我回来了

这是生我的家乡。

我回来了

这离开八年的村庄。

这茅草房，土墙

还和我小时候一样

门口的柳树也老了

树影子倒在我的身上。

我走时□是月亮□，

月亮圆我回来了。

二

油灯亮了，

这土房比白天还亮；

八年啦，

我才看见了娘。

娘衰老了，

白头发那么多，

她捉住我的手，

望着我：

"元儿，真的是你吗？

是天上掉下来的呀！

盼得娘眼干啦。"

娘抚着我的头发。

娘摸着我的军装。

泪糊了她的眼睛。

泪打湿了我的脸。
欢喜的泪是甜的。
"元儿，你当了兵？"
"娘，我们是八路军！"
娘笑了，
娘的眼睛亮了：

"娘知道，
咱村子是八路军打下的——
孩子，你回来了
你没忘了娘，"

从门缝钻进来月亮光
娘揉着红眼睛拉风箱，
我想起小时候
娘抱着我在月亮底下剥玉茭子，
半夜里娘还在揉着红眼睛缝衣裳。

"树枝儿长大忘不了根，
我忘不了受苦的娘，
娘，苦日子熬到头了，
好日子来呀！"

三

天明了
娘送我到门口
队伍走过村

我回到队伍；

红腾腾的太阳上了山顶

回过头再看看我们的村庄。

场上的谷子黄亮亮闪光，

牛儿，羊儿出了村，

这山坡上我砍过柴，

这山坡上我放过羊。

我在这土上生长，

我是这山野的子孙，

我是一个年轻的子弟兵，

看我们的队伍多么长。

像这塞外的长城，

永远守护这庄稼和牛羊，

永远守护这土地、村庄。

十□□三十

（《晋察冀日报》1946年1月9日）

三 合 村

红杨树

在塞外，谁不觉衣裳单

想找着暖处避避寒

侦查员赶进了三合村
三合村里无行人

砖瓦碎,墙头倒
满街随风走乱草

到东家东家空
到西家,西家只有风悲号

村头又把小屋进
炕上躺着一老人

一声两声不答言
三言四语不动身

正是他把老汉叫
后院里,拐杖引出老妇人

蓬头垢面偷眼看
惊惧不敢向前进

听说他是八路军
摇摇晃晃赶进门

上去拉住同志手
泪珠儿对对往下滚

叫了一声好同志

又叫了一声菩萨军

你再别把老汉叫

老汉不能再动身

前三天，西军来抢劫

还绑走我的小孙孙

老汉已吓死整三天

我三天水米没有上嘴唇

你不见，村里后生被抓净

井台上哪有挑水人

死人尚且没人葬

哪有人来管活人

老妇人哭泣不成声

侦察员一滴泪也落在了三合村

十二月四日于讨速号

（《晋察冀日报》1946年1月12日）

途 中

野明

经过一阵激烈的战斗，
疲劳之后，
又恢复了身体。
我们行进在山沟里，
流着弯曲的河水，
挤满了大小乱跳的石头，
人们都要掉队了，
炊事员没有影了，
战士们走着打盹。
繁星在天空警戒，
战士啊，
甜美地睡在山脚下边。
远远的，
人影在山头浮动，
这是机警的哨兵。
人们睡在大房间里，
静候着天亮，
三星已经正南了。

（《晋察冀日报》1946年1月13日）

让和平民主的时代□始吧

鲁藜

这一天呵,
很幸福的一天呵!
我们奔走在大路上,
我们跟天上的飞机赛跑,
我们呵,男的,女的,年轻的和小孩,
都好像是在运动场上。
我们的目标是飞机场。
有多少灰尘像雾一样从头上飞卷起来□,
到处是大众□息声,
到处是人们脚步响,
到处有人在欢呼,在呐喊,在向天空伸出双手,
到处是人们的肩膀在摇动呵!
呵,充满着人的飞机场上,
充满着心和心的跳动,
充满着热情和热情的奔流,
我们要去迎接我们的毛主席,
我们要去迎接我们亲爱的领袖!
伟大的热情在我们心中燃烧,
这是最神圣的爱呵!
欢迎毛主席回来!
欢迎,欢迎,欢迎……
掌声像鞭炮一样的鸣响,

红的旗子也像长了快乐之翅膀呵！

大众像云彩一般的游动着，

围着他，拥着他，环□着他，

在拥抱着他呵——

我们的毛主席，我们的太阳。

看见了他，我们的心开满了花朵，

看见了他，我们的血感到温暖；

我们的毛主席还是那么健康，

他的声音永远是温和又热烈，

像延河的水一样的清明又雄浑，

永远川流不息□智慧呵！

永远灌溉着□饶的土地，

永远滋润着劳动者的生命，

永远发着光泽，

永远在波动着祖国和世界，

永远在呼唤着和平民主的新时代，

永远在预示着一个更幸福的未来呵！

呵！让和平民主的时代□始吧！

让全世界和平的钟一□为我们而敲□吧！

□□的祖国，奴隶的祖国从今天死去吧！

让独立、自由、民主、富强的新中国来到吧！

一九四五年十月十五日

（《晋察冀日报》1946年1月14日）

血染的军帽

张帆

在苍白色的月光下,
明净的河水哗然流去。
我背着受伤的战士刘大水
急促地走下战场。
像一只受伤的猛鹰,
他无力的俯在我的背上。

"同志,你觉得怎样?"
我擦着汗,坐在路旁问他。

因为突然的停止,
惊醒了我们的英雄,
他眨了眨眼睛,
猛然呼喊:
"同志们冲啊!
敌人不投降就消灭他!"
他的声音嘶哑,
他的脸色如白纸,
他的伤口流血不停,
他是在说梦话呀!

我挣扎着立起,

重新背起我们的英雄，
摇晃在月光之下，
秋风吹透了青纱帐，
带来了火药的气息，

"水，水，水，
我要喝水。"
伤员勉强的睁开眼睛。

"同志，受伤是不能喝水的，
喝了水会死的！"

"水、水、水
我要喝水呀！"
他颤动而嘶哑的声音，
回荡在平原的夜空。

串遍了战场上的乡村，
我寻来五个生鸡蛋。

但是伤员喝不进去。
我将鸡蛋钻开两孔，
向他嘴里吹送。

喝过鸡蛋，
他的精神恢复，

"同志，我要回去，
夺回我的三八式。
敌人的炮弹把它炸飞了，
枪身和木把不知落在哪里。"

"你的伤好了，
上级另发给你一只三八式
一支崭新的三八式，
现在你别多说话，
你的血流得太多。"

因为路途遥远，
我累得再也迈不开步子，
好容易找来一匹战马，
把他放在上面。

他像醉汉一样地摇晃，
我绕前走后的扶着，
而他还要战马奔驰，
我说这对他不利。

他说："同志，我心底明白，
我贫苦的父亲被敌人挑伤，
我的哥哥死在战场，
我的青年的妻子是个妇救会员。"

敌人把她倒悬在梯子上,
用劈柴火烧她的头发,
逼问她干部、地雷和枪支,
头发烧完了,
头皮臃肿起来,
她还是不说。
最后才说:"你们烧了皮烧不了瓢!"
她是光荣地生,勇敢地死。

"为了给他们报仇,
我参加了子弟兵,
如果我死在后方,
就不如死在前方。

同志,你把这顶帽子,
交给我们指导员,
叫他看我是否够资格。"

我茫然地接过他的军帽,
这已经不是一顶灰军帽,
而是用鲜血染透了的帽子,
上边有七个子弹穿过,

我问他是否要入党?
他默默地点头,不能言语,
不久,他就死去了。

我拿着被鲜血浸染的军帽,

兀立在月光之下,

听着河水哗然流去。

(《晋察冀日报》1946年1月15日)

我再一次离开□

张明云

一个冬天又是一个冬天,

我怀着炽热的心,

终于走回来了,

一颗压抑不住激荡的心啊!

★★★★★★

八年了,

中国人民翻身的年代,

日子,像沙漠中肩负重担行走的骆驼!

用血涂写的漫长时日里

我记不起家。

"妈妈",只留下惨淡模糊的印象,

我亲眼看见千百万不朽的牺牲者,

在血泊中倒了下来,

那是无数的妈妈和孩子,

我坚忍着苦痛,

如今，我回来了，

带着胜利的欢笑。

★★★★★

太阳搁在山尖上，

伶仃的老人，

战栗痉挛的手摸着我的征衣，

笑的泪珠在太阳里闪出光辉，低语着：

  "耸立屋前的白杨树，

  你亲手培植的。

  那老羊哺着小羊，

  一代连接一代。

  今天，你终于回来了，

  啊！不断绵延繁荣的生命呀！

  这辉煌壮丽的新世纪。"

★★★★★

我骄傲，

生为一个中国人，

你亲生教诲的儿子，

中华民族忠诚的子孙

用自己的血汗，

滋育了胜利之花；

  结出了和平之果，

如今为了维护这胜利的果实，

    和平的基石，

我，再一次地离开你。

  "你去吧！亲爱的孩子！

祝福你将永远生活在：
　　　欢乐健康里。"
这是妈妈临别时的话，
千百万妈妈送儿子的话。

★★★★★

黄河之水豪放东流，
这是启示的人类智慧呵！
来灌溉这广漠肥沃的土地吧！
和平是更坚韧的斗争换来的，
中国需要更健壮起来，
为了民族的光荣和庄严，
我要永远守卫在和平的岗位上。

一□□□　□□□□

（《晋察冀日报》1946年1月17日）

黎　明

杜谈

寒风刮着，
这时候还早；
火车在原野上奔跑，
月亮也在天空里笑。

他起来了，

起来准备去打扫街道。
"喂，伙计，起来吧，
不早了，还睡什么懒觉！"

"你不知道这几天是过节日吗？
昨晚我又去看了夜戏；
呵，呵，我从来没有
像最近似的睡得这么美的觉。"

那时候天比现在还早，
他们就抖索着立在街头，
一天的疲劳和饥饿的后面
紧接着无边的暗夜向着他们来了。

"难道你就将'从前'忘了？……"
"哼，你的话我听不懂！"
"……现在就享福吗，
唉，唉，还嫌早，嫌早。"

他们打扫，
扫去被火烧过的断壁、瓦砾；
他们打扫，
扫去子弹、炸弹留下的伤痕；

他们打扫，
扫去敌人屠杀的血迹；
他们打扫，
扫去垃圾，产生各种疾病的渊薮。

这是一条解放的新路,
和平、团结、民主照耀在前头。
他们打扫——踏着坚实的步子,
向着这条太阳升起的路上走去。
　　　　一九四六年一月一四日写于万全

(《晋察冀日报》1946 年 1 月 19 日)

万岁,和平!

肖白

太阳从乌云里走出来了,
和平从战争的阴霾里走出来了。
太阳啊,天之骄子!
和平啊,人类的母亲!
你们给我们带来了,
光明和温暖,
幸福和安宁。
万岁,太阳!
万岁,和平!

和平来了,
像一个鹤发童颜的老人,
带着慈祥的亲切的笑容。
向我们走来了。

建筑起民主宝座来呀！

请她坐上去吧！

围在她的周围，

我们要听她讲述，

和平的幸福的故事……

和平来了，

牢牢地记住呀，

和平是人民用血肉换来的，

我们要永远保护她。

感谢和平的赐予，

举起我们的双手吧，

放开我们的喉咙吧，

工农兵弟兄们、

年轻的伙伴们、

诗人们艺术家们音乐家们，

都来狂笑吧，欢呼吧，

万岁，和平！

万岁，和平！

十一日十四日夜深

（《晋察冀日报》1946年1月20日）

行 军 散 歌

贺进

一、开差走了

芦花公鸡叫天明，
脑拌上哨子一哇声。
打上行李背上包，
咱们的队伍开差走了。

★★★★★★★

满地的露水满沟的雾，
四十里平川照不见路。

★★★★★★★

太阳一出节节高，
云消雾散天气好。

★★★★★★★

荞麦开花十里红，
二十里路上歇一阵。

★★★★★★★

崖上下来了老妈妈，
窑里下来了女娃娃，
长胡子老汉笑开啦，
揽羊娃娃过来啦。

★★★★★★★

老妈妈手捧大红枣，
拉住我们吃个饱。

把我们围个不透风,

手拉手儿把话明。

★★★★★

"水有源呀树有根,

见了八路军亲又亲。"

"金桃秫开花红缨缨长,

到了前方打胜仗。"

★★★★★

"快快走了快快来,

人不来了信捎来。

山高路远信难捎,

要把你们的心捎到。

把那些敌人都打垮,

回来给你们戴红花!"

九月二十日从延安到四十里铺

二、果子香

一早起来这么大的雾呵,

迷迷糊糊看不见路呵。

★★★★★

老远地

听见驮口的铜铃儿响呵,

一阵阵

闻见了扑鼻的果子香呵。

九月二十二日到甘谷驿

三、崖畔上开花

崖畔上开花□□飞,
崖畔底里长流水。

★★★★★★

崖畔底里长流水,
揽羊娃娃哨梅笛儿。

★★★★★★

梅笛哨的如流水,
梅笛哨的揽羊曲儿。

★★★★★★

羊儿壮来羊儿肥,
陕北的人民光景美。

九月二十三日到禹居

四、当天上响雷

当天上响雷格拉拉,
满沟里下雨活洒洒。
军衣淋的湿漯漯,
唱歌唱的格哇哇。
雨里遇见个老人家,
他家就在郭家塔。
老人家倒有五十八,
身上背着百来斤花。

★★★★★★

花又重来路又滑，

跌倒在地实难爬。

我们上前搀起他，

替他把花背回家。

★★★★★

雷声阵阵响，

雨点阵阵大，

一步一步，看见了前边郭家塔。

★★★★★

"就到啦，

就到啦，

前面就是我的家！"

老汉手拉着我们不肯放，

推开窑门让进了家。

★★★★★

先点一把火，

后烧一锅茶，

热炕上坐定把话拉。

九月二十四日到郭家塔

（《晋察冀日报》1946年1月21日）

一个工人的诗

张凛

有一天,我到龙烟铁厂建设科去看工友们排演新年游艺节目。看到一个五十来岁的老工友正在教那些年轻的小伙子们"数来宝",一句跟着一句,像是早就背得烂熟了,句子的内容都是歌颂共产党八路军的。我当时很纳闷:不知他从那里搞到的这些新词?后来,别的工友们告诉我说:"这完全是他自己编□,费不了多大工夫,只想一下,就满口的念出来。"

过后,我去找他,问他要一些编好的歌词,他就毫不迟疑地又顺嘴念给我听,每句都很清楚,动听。

我实在惊异他的天才,让我马上想起延安的天才农民诗人孙万福来,他俩真可以媲美呢。

所以,我愿将记下的两段寄给你们看看,在这里你可以听到工人们心里的话。

他叫孙桂庭,是山东人,四十七岁了,在龙烟铁厂建设科已作了四年工,是个很朴实的老头儿。当我告诉他:

"也许报上会把你这登出来呢。"他不好意思地笑着说:

"可不敢!可不敢!"

第一段是述说八路军解放宣化后的情形。

第二段是说该厂工人正在和一奸商傅老二做清算斗争的事。

一

八路军,真是强,
打的日本投了降。

救国难,除不良,
汉奸特务吓得慌。
作买卖,免去税,
种庄田,少要粮,
做工的,加工资,
黎民百姓有福享。
男人都来把活干,
妇女也都缝衣裳(注),
一天做上三来件,
边票能挣二百张。
如同拨云见白日,
好像小孩见了娘。
自从来了共产党,
男男女女,大大小小,
跛的瞎的都沾光。
人人都说尧舜好,
我看尧舜不如八路强。
万里河山归一统,
真是治国能安邦。

(注)工人家属曾做过大衣。

二

众同志,多原谅,
听我再表这一桩。
本城有个傅老二,
他在德源兴管食粮,

仗着日本势力大，
欺压工人太悲伤，
卖的小米掺沙子，
卖的白面掺土粉，
高粱面掺上土和糠，
有心要吃实难咽，
有心不吃饿得慌，
不吃粮米光喝汤，
饿的肚子走不动，
要去上班心发慌，
倘若得了一点病，
不用三天一命亡，
待问工人死多少，
城外新坟成一岗。
今日八路你来到，
日本鬼子投了降，
你替咱们伸怨恨，
你替咱们做主张，
咱们找到傅老二，
一直同他到公堂，
公堂一上辩辩理，
咱把账目算细详，
待问沙子有多少，
一斤小米有三两，
损人利己忍不忍？
害死工人伤不伤，

积下金银千千万,

落一个汉奸名子万古扬。

亡人死了他不管,

三两沙子得赔偿,

他若不赔三两米,

一定和他闹急慌!

(《晋察冀日报》1946年1月22日)

塞 北 晚 歌

红杨树

如果战友允许

我要寄一支歌

——给一个淳朴的乡村的女儿

一

我们的部队

来到塞外

原谅我

在千里之外

我才向你告别

月亮照着战壕

忍不住

将你思念

谁叫我

在织布机旁

将你碰见

谁叫那琐碎的日子

在我们的身边流连

我埋怨

我在千里外

就看见了你秋收的镰刀

我埋怨

在哗哗的水声里

听见你赤着脚

从河那边走到这边

我埋怨

不知埋怨我

还是怨你

它要侵占

一个战士防卫的时间

二

猛然

炮火又来轰袭我

在这胜利的日子

淳朴的人呀

自然你知道

这是谁发来的炮火

这炮火

已经在解放区的西端

炸开

这炮火

要毁灭咱解放区人民的生活

三

说不清

今夜我特别想你

想你

和我的老解放区

想起你们

妇女抬担架的吃力样子

头一次登台讲话的可笑样子

在村剧团唱歌的疯傻样子

想起老婆婆

拐着小脚投票的那股认真样子

拉着战士吃饭的连哄带吓的样子
给战士盖被子的偷偷摸摸的样子

想起了游击小组
造二槽子弹的专心样子
抢我的皮带、偷我的手榴弹的调皮样子

想起了
我又想起了群英会

那炮楼丛中的燕嘎子
那火烧炮楼的段廷美
那爆炸英雄李成山
那老劳动英雄胡顺义
那十二岁高尚气节的温三郁
那十四岁的小女孩子王秋芬

想起了
甚至我想起了
那幼儿啼哭的幸福样子
那有了饭吃的穷苦老人
在街头大石上打瞌睡的神气

可爱的人呦
你们那里
是否也有了炮声呢

那炮声

是否已震动了我的老解放区

请你告诉我吧

我今晚是这样的系念

今晚

就是解放区的一块石头

也是我心爱的

四

可爱的人哟

密约改期吧

虽然

那是抗战八年的战士

和你

在胜利的日子和你慎重订定的

可爱的人哟

密约改期吧

人家的炮火

既已轰到老解放区

简直想把我们的肉吃了

把我们的骨头炸成碎粉

还谈什么密约呢

可爱的人哟
密约改期吧

拿什么武器的
还拿起甚么武器
可爱的人哟
密约改期吧

五

最后
请你捎给我一个讯息

在胜利的日子
我那游击组的兄弟
是否有些麻痹

假如麻痹
你就要警惕他
叫他们
枪不要生锈
地雷也不要受潮湿

十一月二十一日，讨速号

（《晋察冀日报》1946年1月25日）

春 节 对 联

农科实业学校 集

过新年反对内战
救中国争取和平

群策群力求民主
减租减息过新年

争取和平行民主
驱除敌伪过新年

军政民一律平等
农工商共享太平

劳资两利真民主
军民一家享太平

除奸暴清算斗争
减租息乐享丰年

察哈尔成新乐土
共产党是真救星

一元复始庆祝解放
万象更新开展斗争

组织起来提高生产
团结一致保卫边区

万象更新保卫胜利果实
一元复始发扬民主精神

巩固察哈尔要巩固民主
没有共产党就没有中华

家中行民主
灶上有余粮
一家欢乐

足食丰衣拥政爱军优抗
安居乐业团结民主和平

大家一条心好吃饭好穿衣好种地
新年三件事要团结要民主要和平

大地春回争取和平民主
边区日丽走向解放光明

模范干部帮助老乡求解放
劳动英雄领导群众过生活

恭喜同志今乃胜利开始日
祝福老乡这是翻身第一年

减租减息
丰衣足食

组织起来
保卫家乡

万象更新
和平民主

反对内战
团结合作

团结大众力量
享受民主生活

遵守劳动纪律
提高生产效能

爆竹两三声民主实现
梅花四五点共庆和平

迎新年拥护民主政府
除旧岁努力巩固和平

庆新春提倡民主政治
贺旧岁废除一党专政

新春降临男女皆平等

旧岁已去人民有自由

男耕女织新年真快乐

克勤克俭生产要加油

（《晋察冀日报》1946年1月26日）

新 年 对 联

马布云

浩劫庆方苏齐举报声颂康泰

凝寒□□□共□□□□□和

三十六行行行生意非往昔

一十二月月月光景异从前

民主自由创开新世界

抗战胜利收复旧山河

废止独裁的一党专政

实现民主的联合政府

独立自由一元复始

和平民主万象更新

胜利辉光昭紫塞
升平气象蔚红霞

持家大道勤生产
建国宏谋爱人民

巩固国内和平
实现民主改革

要和平要民主人人意愿
且专政且独裁反动心肝

建设新张家口市繁荣工商业
巩固人民解放区发展大生产

万众一心拥护共产党
普天同庆歌颂太平春

实现民主政治
建设自由国家

人民救星共产党
民主干城八路军

废止新专制制度
实行新民主主义

劳动创造世界
民主建设国家

争换桃符除鬼气
共饮苏屠作主人

发展正当文化娱乐
肃清敌伪淫靡风气

拥军学习戎冠秀
生产首推胡顺义

贯彻土地政策
改善农民生活

减租减息改善人民生活
贷良贷款发展生产事业

加紧组织开展生产
努力奋斗巩固和平

八路军解放张家口抗战有功
老百姓拥护共产党全凭良心

苦难八年老百姓此刻才翻身
解放五月张家口马上就繁荣

和平实现生意好
贸易自由税率轻

除旧岁庆祝抗战胜利
迎新年恭贺国内和平

八路弟兄他解放张垣
民主政府亦爱护人民

除旧岁铲除敌伪遗毒
迎新年欢迎民主作风

生意兴隆家家喜
吃穿齐备人人欢

徐掌柜实报范例
何大妈拥军模范

清洁卫生除旧岁
文化娱乐过新年

复仇清算都胜利
工农商学齐翻身

取消苛捐杂税买卖自由
实行减租减息百姓翻身

合理税收人人都说好

减租减息那个不欢迎

推翻伪牌甲为百姓除害

改选新政权是人民当家

组织自卫百姓齐武装

开办冬学穷人也读书

(《晋察冀日报》1946年1月28日)

城　市

何莫

一

听，早晨的冷风轻轻，

吹着空中的汽笛声，

吹进窗子吹进门，

呼唤那睡着的人儿快起身。

我们的街道正在打扫；

我们的商店正在开门；

我们的工人正在上工；

小摊上也已经热气腾腾。

"我们的城市呀,你早!"——"你也早!"

橡轮的货车咣咙咙从大桥滚过;

汽车来回跑,火车就要开。

这一切来来往往都为了什么?

我们的城市必须工作;

我们的城市没有懒惰。

新刷的标语照着早晨的阳光——

我们的城市呀,新解放的城市啊!

二

我们已经解放,

从八年来敌人的恐怖下面解放;

从几十年军阀的横暴下面解放;

从几千年封建的黑暗统治下解放。

我们歌颂现在,我们歌颂将来,

我们歌颂和平幸福的日子。

我们的双手啊——

我们开动机器,

我们打着算盘,

我们飞动纸张和铅笔;

我们工作,

　我们学习,

我们娱乐和休息。

今天,是我们的!

未来，是我们的！

我们是自己的主人。

我们的政府，我们的军队，

我们的铁道和工厂啊！

从陆地到水上，

我们自由来往，

我们演说，我们开会，我们谈论自己的主张。

我们都有工作，我们都有饭吃，

我们没有贫穷和冻饿。

让北方的风吹得更大些吧，

让北方的雪下得更大些吧，

把我们的消息吹到更远的地方，

把我们的泥土都给浸透，

我们再也不会

在街头抱着膀子冻得打抖。

三

过去了，眼泪和叹息；

过去了，辱骂和拷打；

过去了，在道路底奔波里找不到家。

今天，我们已经自由，

我们，要堂堂正正做一个

  不用向人故意赔笑，

   对谁也不脸红害羞。

欢迎你，一切所有的人，
　　无论你是新来
　　或是流亡多年重回故乡；
你会看见这个城市多么新鲜。
我要给你预备一个温软的床铺，
让你舒舒服服睡一个好好的觉。

到明天，我带你去登记户口。
你们会有工作，你们会有饭吃，
和我们一样，
你们会有民主和幸福。

尾声

战争打了整整地有八年；
世界的一切都已经改变。
如今的老百姓做了主人，
一直到永远，呵，永远永远！

　　　　　　一九四六一月二十三日

（《晋察冀日报》1946年1月29日）

阎锡山的催粮人

流荻

阎锡山的催粮人

到了村庄

一下子抓住了村长

"征粮三天交齐

少一颗

拿你的脑袋算账！"

说完

骑着马走了

马后边

拴着一头牛两只羊

老百姓抓着门缝

两眼泪汪汪

村长敲一声锣

老百姓凉了心

阎督军要粮不要人

家家的苦难他不问

老百姓回家

翻仓倒囤

下锅的米捞出来淋淋

折变东西换粮给督军

日本人

阎督军

半斤八两一般沉

催粮的又来了

马在槽头嚼棒子

人坐高房醉醺醺

村公所的门前

挤满了衣衫褴褛的一大群

眼望粮食上了秤

心里石头往下沉

跳墙的

给圈回来

躲到柴禾堆里的

病在炕上的

给拉出来

催粮的鞭子举得高又高

老百姓身上绳子紧又紧

箱子、棉被、衣裳、锅碗盆……

一起一起扛出门

前街跑来个女人

披头散发往前奔

拨开人群

把口袋往地下一摆

"这是粮食啊

交给阎督军，不够……

也把咱交给阎督军"

村长愣了

打开口袋往外一□

众人倒退叫声天

是两颗血淋淋的孩子头

那留着辫子的

是女人的孩子

三岁叫小银

"杀人了,杀人了"

大群人四下里躲开

女人翻个身坐起来

"杀人的是我

是我亲手杀死他们

交粮给督军"

催粮地笑了笑

冷冷地催着村长

"快啊"

大群人呆在那里

北风吹更紧

　　　一九四五年十一月廿日,西线见闻记

（《晋察冀日报》1946年1月31日）

解 放 浑 源

胡沙

在那巍峨的恒山的侧旁

平川上有一座坚固县城

日本人、汉奸、吸血鬼盘踞在里面

勇敢的民兵将它围困

一天，两天，十天，一月半

民兵断绝了城里的粮食和煤炭

红漆雕花的衣柜砍来烧锅

眼看山药蛋也快吃完

汉奸王子和的战术是关着城死守

他对部属说："通是些山汉民兵，怕甚？"

哼！从四方八面射来的枪弹叫你们困惑

企图抢粮也出不了城门

当伪军的肚里饥饿，脑袋发昏

十月八号夜里来了八路军

山炮轰穿了□□□

嵌着金牙的汉奸全被擒

于是，商店摆出了日用品和布

猪肉羊肉上了市

儿童们叫，霸王鞭欢乐地唱着

"十月里，割高粱，谷子莜麦堆满了场，八路军赶走了日本鬼，人民喜洋洋。"

民兵大摇大摆地走在街市上
"找王县长，会李书记。"
衙门口的卫兵也不阻拦他

市民们显出了莫大的惊奇
我还□□当时群众大会上热烈□口号
"□□□□□的城市的人民的□□□的
我们□□保卫她，
我们死也死在一齐。"

（《晋察冀日报》1946年2月1日）

工人苦乐记（拉洋片词）

工人 张如屏

往里看来又一片，
听我把八年苦处言一言。
都只为日本大陆政策想□□，
借端挑战卢沟桥□。
国军难抵抗纷纷南归，
把我们百姓扔在火坑里□。
苦熬岁月真难过，
无日不走火焰山。
敌人统治真残暴，

铁石人儿也泪涟。

他若要修汽车路,

不论坟墓与田园。

只要在他建设线,

高楼大厦也拆完。

铁路组织少年爱护队,

村庄组织青年自卫团。

有了情报网,

还有防护班。

三天一献铁,

五日一献铅。

皇军慰劳品,

飞机□纳捐,

苛捐杂税样样全。

一切宣传实荒谬。

不是建设新秩序就是共荣团。

农民商人全受苦,

苦处难处不一般。

万般没有工人难,

工人的痛苦满贯□□。

其他工人我不表,

单把电业工人言一言。

电业工人分为数等,

有工手,

技工与职员,

工手日薪最多只有三元六,

职员月俸不过一百三。

今日盼明日盼,

盼到每月二十三。

开了支回家转,

手拿饷包更为难。

想买吃不能买穿。

要是打醋别想买盐,

亲戚来了吃不起白面,

朋友的喜事没有份子钱,

每月能给二十四斤高粱面。

每□扣出六毛三,

□心磨坊贪小利,

□中又把砂土掺,

蒸出窝窝头实在难看,

□那狗屎无二般。

凉吃硬,热吃粘,

又涩又苦又牙沉。

□青椒辅助往下咽,

无非是免死饱□□。

日久五脏要上火,

小肠发燥大肠发□。

要想大便更困难,

最快也得半个时□。

用平生之力往外□,

肛门疼痛血连连,

非人生活忍□□□。

再把八路军□□□言言,

所有人民都得□。

三岁顽童也狂欢，

人民生活都改变。

提高工人在上边，

以往独身生活玩儿不转。

如今三口四口不为难，

一月也有半月吃白面。

两个月也去饭馆饱一餐。

十天也许听一次戏，

□天也能把电影□。

八路军赐下这幸福。

我们有何贡献，

早上晚退不□班，

认真做事不敷衍。

努力学习要当先。

提高政治，

站在建设新中国一个战线，

莫要退后只向前，

城市乡村一起建设，

造成自由美满好风光。

但愿得和平民主团结的新中国早日完成就，

共产党万岁，

民族万万年。

（《晋察冀日报》1946年2月4日）

毛主席回延安

张克夫

听说——
毛主席上重庆，
坐着飞机起在空；
他没有带着兵马，
临上飞机还结记着
　　　咱们老百姓。

一

满天星，
亮晶晶；
我心里，
暗叮咛；
怕只怕坏蛋分子出毒计，
暗害咱们的救命星。

崇山峻岭多云雾，
万里江河拦路腰，
有心给您捎封信，
又怕信儿捎不到。

要是刮风路难走，
我愿意，牵着毛驴日夜赶，

接你老人家回延安；
要是重庆天气冷，
我愿意，脱下棉来换上单，
老人家千万可别受风寒。

千条心，
　　一线牵；
盼出星，
　　又盼月；
只盼您，
　　早日平安回延安。

　　毛主席呵！
为着您，
　　我干什干也心甘，
　　幸福全是您给的咱。

二

万朵金星伴银月，
房上敲鼓又打锣。
今儿格村里好红火，
为什么事，这样儿乐？

——毛主席回延安啦！
一霎时，房上的人黑鸦鸦，
喇叭筒里在说话，
头不动，眼不转，

喘气的声音也没啦。

——毛主席的身子骨好？
——咱们的要求国民党接受了吗？

有的问，
有的答，
家家房上火星亮，
老头们打着火石笑哈哈。

我心里，像块石头着了地，
——老当家的，
　　你可回到延安啦！

三

往日老宅院里空，
今儿格，窗户台上挤满人，
男女老少都来了，
集体给毛主席写封信。
——您的意见着实的好，
咱们听进耳朵记在心。

不管坏蛋怎样捣蛋，
咱们理正，怕什么！
有了您，
□□能磨绣花针，

天翻地覆都不怕!

毛主席啊!
俺们都顶结记您,
只因为全国人民四万万,
顶数您,
  有办法;
顶数您,
  会当家!

(《晋察冀日报》1946年2月10日,《每周增刊》副刊第2期)

拜　　年

田间

李存山、七十五(注一),
胡子斑白,
好比一盆银花,
年老、年年不老。
看呀! 老英雄,
扭起秧歌,
一步, 一步。
咚咚赛大鼓。

他□着油布袋(注二),

手提一瓶酒，

劳军、拜年，

边唱、边扭。

正当一年开头，

由红水也绿，

大鼓声中，

老人鞠躬献酒。

（注一）李存山，盂平拥军模范，又是养瓜好手。家中仅是他老夫妇两人，事变前生活无着，八路军过来翻了身。讨了老婆，现在养种六七亩地，他拥军模范事实很多，如他背过八十多斤公粮，如他在反扫荡中警戒放哨，如他规劝失足分子坦白等。拜年这是他今年春在拥政爱民运动中一面演剧一面当场劳军，观众甚为感动。

（注二）油布袋：这是山西（河北也有）过年过节的一种吃食，类似油炸糕。

一九四五年拥政爱民运动中写

（《晋察冀日报》1946年2月10日，《每周增刊》副刊第2期）

看望子弟兵
——记一个劳军盛会

李冰

听锣鼓比雷声还响，

听喇叭吹得多么□□。

来了，来了，
踩着高跷的小伙子
扭着秧歌的姑娘
耍着霸王鞭的小孩子……
还有那数不清的山样的人群。

来了，来了，
大红旗飘在前面，
一长串马车
像挂好的火车皮，
　满载着雪白的面口袋，
　肥大的整猪、整羊，
大肚子烧酒瓶子……
摇摇晃晃的来了，
带来了十四万人民的欢喜，
带来了十四万人的心，
给子弟兵送年礼来了。
鲜明的旗子迎风飘，
是迎接这千百年来头一个欢喜的年节啊！
黑压压的人群，
堵严了司令部的门口，
阻挡住大北风；
那拿着钳子的工人，
戴毡帽子的庄户人，

白胡子的老年人，
花花绿绿的妇女，
打着霸王鞭的小童工……
这多少年受苦的父老兄妹，
——如今翻了身的主人！
来了
来看望自己的八路军。

一层层的人，
围着参谋长，
多少双亮晶晶的眼睛
都想要说话，
像是要对自己的亲人说几句心话：

"没有你们
就没有老百姓出头的日子。"
那是街代表的话。

"减了租啦，光景强啦，
你们来了，庄户人的镢头也能挖出金子。"
那是村代表的话。

"这是胜利年呵，
我们能吃上什么
也得叫战士们吃上什么。"
那是年青的工人的话。

听啊！听啊，

那是多少人的声音

欢喜的歌儿唱着八路军：

"你们是铁打的边墙啊！

给人民遮挡了风雨。"

欢喜的歌儿呼喊着带枪的弟兄！

"这饱吃暖穿的好日子

是你们带来的，

端起碗忘不了你们。

这和平欢乐的春天

是你们打出来的——

忘不了你们

像忘不了骨肉兄弟。

我们啊，十四万人，

我们啊，千千万万人

永远跟随你们。"

鲜明的旗子卷起北风，

山样的人群来看望子弟兵。

旧历年、除夕夜

（《晋察冀日报》1946年2月10日）

老 村 长

胡沙

我们爬过被雪封锁着的山岭,
落脚在这山谷里的小村。
"又得麻烦您哪,'老村长'
为在三十里外才有兵站。"

老村长把两个媳妇归在一面窑里,
腾出一条热炕给我们休息,
说道:"热炕能解乏,
水热了烫烫脚,
明天还要翻二十里的大山。"

我们担满两缸水
又打扫了肮脏的院子,
老太婆给我们搓莜面卷做炸弹,
我们好像依恋在父母的身边。

老村长披着破皮袄,蹲在炕上抽烟,
满脸纵横交织生活的创痕,
灰白了胡子,仍然健康而乐观:
"八路军来了万年穷根一刀断。"

"咱们减了租,土地种了几垧,

老二是寒腿，做些木匠手艺；

婆姨们料理了家事又纺织……

老大九月里参了军，住在县城，

这火红的光景说不完。"

一九四六年二月十四日

（《晋察冀日报》1946年2月17日）

校 场 口

冯玉祥

【新华社延安二十一日电】

胡萱花开紫微微

红梅开过开绿梅

开个庆祝会

本来是很对

会竟没开成

民众被打退

对着主席团

居然发大威

有的破口骂

有的砖石飞

章乃器被打

李公朴被毁

郭沫若受伤

施复亮挨捶

有些挨打者

打伤两条臂

还有受伤者

打坏一条腿

拳打和脚踢

施君伤为最

这种坏方法

用者□芝贵

还有雇些人

议员打破嘴

那是徐树铮

要害段祺瑞

革命政府地

这种行为太不对

定是被人哄

自己不知罪

任意打伤人

外人皆落泪

人家不讥笑

国家名誉毁

如何站得住

四强之一位

不被人开除

也被人挤退

有意毁主席
自己还觉对
放眼看各国
那有这作为
丢脸太丢脸
自抹一鼻灰
气坏有识者
志士落血泪
法律负责者
应快去认罪
军警管何事
虽免无法推
食民之脂膏
不能装着睡
真理是真理
是非是是非
不可手遮天
胆大胡妄为
主席一震怒
有人倒大霉
我们先赔礼
并送医药费
还望从今后
人民大觉悔
法西德日意
从根被摧毁

再去跟它学

实□自找罪

东西法西犯

无处可逃避

快醒快快醒

做人最可贵

一九三五年二月十日

(《晋察冀日报》1946年2月24日)

舅舅住在辽河套里

马加

我的舅舅□□庄稼人

头上戴着没耳朵的白毡帽

腰里扎着结疙瘩的布带子

烟袋荷包上挂着鱼刀

抽起烟来露着大板牙

撅起下巴上的胡子

腮帮子肉紧绷绷的

胳膊像铁锆耙一样的茁实

他的脚比胳膊还要有劲

不管走到那都穿着一双靰鞡

★★★★★

舅舅住在辽河套里

村庄左右全是一片蒲草

还有密密的柳树茅

树梢上搭着黄鸥的老巢

终年终月窝藏着土匪

河滩地，一马平川望不到头

犁杖翻起土壤油墨墨的

白眉大豆长□□腰深

小麦□□□□□□鱼

那里有一家黑心财主

仗着是袁世凯的亲戚

把河滩地全税了契

我的舅舅给他抗过年活

起早贪黑，两头不见太阳

耪地扎紧裤腰带，空着肚子

★ ★ ★ ★ ★ ★

他是一个白手成家的人

没有错化过一个铜钱

随身带着蒿草□火绳

有时候也打火镰抽旱烟

炕席、酱□蓬全是自己编的

赶集不打尖，不□零嘴吃

怀里掖着两块高粱饼子

他出门没有空过手

串亲戚家背着粪箕子

他有一副挺好的身板

牛臂膀子能担八柳罐凉水

扁担翘起来像一张竹弓

他靠□□只手创造了家业

顶着晨星送粪带着月亮打场

春天用□葫芦洒下了种籽

老秋打下血汗的红粮

砍下一根根的木椽

搭成两间大马架子

买了一条草灰色的毛驴

给他的儿子订下了媳妇

★★★★★★

我第一次看见我的舅舅

他从集上卖粮食回来

把毛驴的缰绳拴在槽头上

取下来没扎嘴的空口袋

六月天热得像一盆火

虾蟆叮着毛驴的肚皮

他一边甩着蝇扫子

一边揉搓着□颈上的汗泥

站在牲口圈的旁边

拉开□醒人的公鸭嗓

谈论着集上的粮食行市

他没有给我□饽饽

却摸了一把我的头顶

抢去了我手里的《千字文》

嘱咐着我的母亲说

这孩子能够记豆腐账就行啦

跟伙计下地学个本领

放猪也好，打疙瘩也好

种庄稼是人的根本

我的头上泼了□瓢冷水

埋怨他不知道好歹

到处给人家出坏主意

母亲称赞他是一个强手

你舅舅十六岁就当了家

血一把汗一把四季忙到头

拉扯一大堆孩子，立了门口

没有向财主讨过一根草棍

上天有眼睛好人得到好报

★★★★★

日本扒手蹂躏了辽河草原

膏药旗子插在铁道两旁

那年头可受了制呵

流水的日子没有个主宰

好像秤杆缺少定盘星

兵荒马乱，一家门口一家天

家雀在高粱椽子上飞

那一年我舅舅受了灾害

清明以前上了亩捐

欠下了一屁股饥荒

打了粮食没□

财主狗腿子却逼着花户摊款

人急造反，狗急跳墙

爆竹碰到香火就要爆炸

他的儿子到柳子上挂了注

背起义勇军的臂章

在辽河套里打游击

狗腿子勾通日本浪人

五花绑去了我的舅舅

罚了他五十块大洋

二十亩租产也做了死契

我的舅舅气得胡子打哆嗦

擂拳头像是打大鼓

狗仗人势的东西，兔崽子

骑在穷人的脖颈上拉屎

逼得哑巴说出话来

楞抛脖子也翻了天

活人不能叫尿憋死

我离开东北的时候

他送给我三十元路费

★★★★★★

我流亡出来饿着肚子过活

他告诉了怎样倔强

困难没有使我投降

我也记得他那硬邦邦的胡子

白毡帽头像是一幅太阳

我梦见过回辽河套打游击

柳树茅子长得更怕人了

高粱叶子黑森森的

辽河水在荒滩上流

我的舅舅从河套那边走来

下巴上的胡子已经花白了

脚上的靰鞡磨了两个窟窿

手里握着生锈的鱼刀

生气的画了一下对我说

那兔崽子把我欺负苦啦

房产地业全给人家霸去

眼巴巴盼望你回来了

替你舅舅出这口气

我拉住他的手,接过他的鱼刀

舅舅我回到你的跟前来了

我要永远和你在一起

我们是辽河套土地生长的

辽河套就是我们自己的

(《晋察冀日报》1946年2月24日,《每周增刊》副刊第4期)

欢　　迎

萧三

欢迎!欢迎!!欢迎!!!

我们和平的使者

今天从天上降临!

欢迎你,周恩来同志!

欢迎你,张治中部长!

欢迎你,马歇尔将军!

还欢迎,欢迎北平执行部的

郑委员介民,

叶委员剑英,

委员罗伯逊!

在中国存着这一个问题:

战争与和平。

在中国走过了一个过程:

战争与和平。

靠全国人民的不断努力,

靠你们诸位的辛苦斡旋,

　　停止了战争,

　　达到了和平。

今天你们来了,

　　　全张家口欢迎!

　　　　全中国欢迎!

　　　　　全世界欢迎!

□□□们!

张家口的人民

记得这个冬天的事情:

差不多每天都听见飞机响,

鬼哭神嚎的汽笛叫得人心慌,

大家就得离开和平工作的岗位，
有的就去钻洞，
有的只好站住靠着墙……
唉，很毒的粗大的达姆弹！
唉，可恶的扫射居民的机关枪！

今天飞机又在响，
可是人们喜洋洋。
全张家口站起来了，
笑嘻嘻地向着天空望。
呀！可爱的银色的、绿色的铁鸟儿，
它带来的不是祸害，而是吉祥。

我大踏步地走在解放大街上，
觉得在这里真正得到了解放。

但是我还闻得着火药的气味，
在中国许多的战场上，
多少我们亲爱的同胞
还在遭受无辜地杀伤。
如果停战和平是全面的，
为什么要把他们除外？
难道东北人、广东人……
应该再多受些苦难、灾害？
什么"铁血保卫东北"，
什么"加强武力接收"……
这是什么法西斯的口号！！

驱赶我忠诚的战友苏联,

污辱人类救星世界巨人斯大林,

对盟国元首竟这样下流地胡闹！！！

这些东西唯恐天下不乱,

想引起国际纠纷和无穷内战。

他们的目光非常明显：

叫日本法西斯死灰复燃。

他们反苏、反共、反民主,

造谣、挑衅、谩骂、动武。

我们要坚决、彻底、全部

取缔这般日本狗，死特务！

我们欢迎军事三人组,

我们欢迎调处执行部。

我们欢迎

　　　国共"结束了十八年之纠纷与对立",

　　　"今后抛弃以武器为战争的工具"（张治中）。

我们欢迎

　　　"十八年来武装纷争局面为之改变",

　　　"向政治民主化军队国家化,及党派平等合作的目标开步"
（周恩来）。

我们也

　　　"信赖,这协定不致被少数自私自利的、企图使热望在和平与繁荣中谋取生存权利的中国人民遭受损害的分子们所玷污"
（马歇尔）。

我们和平的使者

今天从天上降临。

我们欢迎！欢迎！！欢迎！！！

（《晋察冀日报》1946年3月1日）

民兵从前线归来了

朱子奇

万里无云天气好

太阳露头三竿竿高

民兵归来了

民兵从前线归来了

尘土飞起

风，吹送着那熟悉的歌

来了！踏着轻松的节拍来了

穿过村庄和小河……

村庄小河好热闹呀

长流流的人群排满道边呀

人们高高地把手伸开

把欢迎的小旗上下摇摆

——辛苦了！勇敢的同志

辛苦了！胜利的战士
老人们裂开缺牙的嘴巴
望着归来的子弟笑哈哈

妇女手执串串的大红花
红心花儿等他挂
孩子们跑过去
叫声："回来了，爸爸！"

回来了！回来了
你瞧——一个个满面红光
白头巾好漂亮
英雄结儿两边幌

近了近了①——步子跨得更大
歌，唱得更响……民兵啊
一见到你们那股不在乎的神气
就叫人想起反"扫荡"的日子——

抢抬伤兵那股紧张劲儿
埋地雷偷偷摸摸的样儿
运子弹雨汗满脸
没有工夫揩的样儿

---

① "近了近了"四字，报纸原文不清，《文旗随战鼓》作"我看见了"，但《朱子奇诗选》《中国解放区文学书系》及《中国现代文学史参考资料·新诗选》均作"近了近了"。

想起了——我们割谷子背糜草

你们就跑来跑去站岗放哨

你们说:"慢点呀,老乡!

今年鬼子不敢再来抢粮。"

想起了!又想起了啊——

如今,毛主席下命令(注)

和平的列车开动了啦

它给人民运着胜利的鲜花啦

"放下枪杆,拿起镢头!"

祖国在向民兵英雄们招手

但是啊,若豺狼爬入平安的家乡

我们就即刻放下镢头再拾起枪

民兵归来了

民兵从前线归来了

万里无云天气好

太阳露头三竿竿高

(注)毛主席的停战命令下到晋西北,第一批民兵三十多人于一月二十五日从前线开回来,那天整个兴县城都在欢迎自己的子弟兵回来。

(《晋察冀日报》1946年3月3日,《每周增刊》副刊第5期)

张老太婆

余明

行李刚搬进土窑，
张老太婆和她的小子
走进来帮我们生火，
小子用铜勺打水，
灌了大半锅便出去了，
张老太婆用干枯的手烧着莜麦草，
用灰暗的眼光望着我们，
昏黄的麻油灯，
照着她的上半身，
头发斑白了，
额□起伏着几条皱纹，
两颊陷落的很深，
说话时，看得见
少了两三颗牙齿，
身上只穿一件污黑的旧羊皮衣。
"你穿的那样薄，不冷？"
"嘿，有什么法子？
鬼子搞的连吃也顾不上，
冬天，全靠烧这块草杆子。"
她苦笑了一下，
火在灶孔里活活地叫，
水的蒸气罩满了土窑。

★★★★★

锅里喷出小米的清香,

我们递一碗给老太婆:

"一块吃吧,

反正是一家人。"

"菜里有猪油,

晚上也不敢吃。"

我们好奇地问:为什么这村里抓去了好几十?

大儿子像抓小鸡一样被抓走了,

逼迫他当了兵,

去年,八路军打平鲁城,

他想逃回家,

刚要跳城墙,

被鬼子抓回去毙了。

悲伤锁住了她的喉咙,

滚下好几颗老泪,

"我的胸口长痛,

就是那时气下的,

从那时起,

火在灶孔里活活地叫。"

老太婆的嘴唇在颤抖。

★★★★★

我们,一群年轻人,

为了止住她的眼泪;

"不要紧,

你的儿子死了,

还有更多的儿子哩,
我们都是你的儿子呀。
你现在才四十多岁,
老汉也还在,
说不定明年,
生一个胖娃娃。"
老太婆破涕为笑了,
火在灶孔里活活地笑,
老太婆的脸闪着光彩。

★★★★★★

"嗨,还不是为我的大儿子,
前年鬼子抓壮丁,
感染了老太婆的心窍,
她叙述鬼子在时,
对老百姓的霸道:
"这村里没鸡也没狗,
鬼子搞的啊,
还有六十几家的饭锅,
都有缺口,
有的留下一半,
有的敲一个大窟窿,
那是鬼子发了疟,
临走时敲坏的。"
"村里人个个恨鬼子,
天天盼八路军,
我那个打水的小子,

才满十六岁,

就参加了土八路(即民兵),

有一次鬼子在对石岗,

我的小子就在这石岗,

我就吃素了,

饭也不敢多吃。"

"嗨,眼下好了,

到处都是八路军,

光景大改变,

先前咱们没吃没穿,

八路军来了发粮发款,

咱老汉也当了兵站的磨坊老板,

当土八路的小子也长大了。

明年,再不会饿着肚子上山,

冬天保险穿上一身新棉袄。

那光景就美气哪!"

她一面说,一面瞅我们,

露出天真地笑。

"一满□着呢,

只要有八路军在,

包管穷人有吃有穿。"

快活的空气。

(《晋察冀日报》1946年3月3日)

三幅版画

一

妇女节,说妇女,
旧社会的妇女真够惨!
白天到晚忙家务,
吃穿全靠男子汉;
打牌抽烟串门子,
从小养成坏习惯;
更不幸被诱被迫当娼妓,
一辈子跳不出火坑。

二

一党独裁统治凶,
榨得百姓穷又穷,
婆婆有苦没处诉,
咒骂媳妇"带穷根";
丈夫气愤没处发,
老婆身上逞威风;
一天遭受两顿打,
三更怨命泪汪汪。

三

解放区妇女走红运,

共产党领导把身翻；

纺纱织布又下地，

补家帮用勤生产；

识字读报多学习，

婆婆丈夫都喜欢；

被人选举当干部，

为大家办事人人称赞。

（《晋察冀日报》1946年3月8日，《三八专刊》）

和 平 先 生
——读陶行知先生作《民主小姐求爱》有感而作

田间

一

和平先生，

你来了请坐！

我问你：

"为何

来得这样晚？"

我问你

"为何

你穿的衣裳

还带着血斑,

并且淌着

一脸大汗?"

二

乡亲父老!

请听我说:

我和大家见面,

可不简单。

好些年来,

我坐在狱中,

天天□锁,

夜夜□镣,

就是出不来。

我爬到窗子边望:

见你们叫我喊我,

我也只得

拿铁枪捧着泪,

默默地回答。

有些老爷们,

吃闲饭没事干,

打得我头破血流,

我也睁不开眼。

这一回好容易
冲破牢监,
过水翻山,
终算活在人间。

乡亲父老!
谢谢你们,
拉我搀我,
过了一个难关。
我走到这儿,
乐得不行,
听见锣鼓咚咚,
我的心就像
红花漾草,
在春风里飘动,飘动。
……

但抬头一看:
看山外有山,
看关外有关,
路还长啊!

三

和平先生,

换换衣，
换换鞋，
这算回家来啦。

请先喝一杯，
乡亲红枣酒，
暖暖心，
热热手。

"恭贺和平先生
来到家门口。
大伙干一杯！"

大伙指天为誓：
天南地北，
也要送我民主哥，
给和平先生做伴。

和平先生，
你说对么?！

一九四六年二月某夜

（《晋察冀日报》1946年3月10日，《每周增刊》副刊第6期）

写在行途上

孙滨

一、爷爷

爷爷！你像一株古树，
敌人用斧头来砍，
用火来烧，
你仍屹立在山上。

二、妈妈

妈妈的房子是主家的，
妈妈睡的热炕是主家的，
妈妈装粮食和杂件的朱红大柜是主家的，
那些坏蛋们都跟着敌人一道逃跑了，
妈妈有了磨盘，牲口，
妈妈吃上了羊肉饸饹面。

三、浑河啊

浑河啊！
你流在□北的平川里，
敌人来了的时候，
你流着人民的血。
敌人用刺刀。
挑着人民的心。
人民过着

哭泣与叹息的日子。

现在

敌人完蛋了，

人民从地下爬起来

擦干眼泪，欢迎着

解救他们的八路军。

浑河啊！

你也擦干眼泪，

闪耀着金光，

唱着欢迎的歌曲。

（《晋察冀日报》1946年3月10日，《每周增刊》副刊第6期）

螳臂当车的故事

朱子奇

和平、民主的大车轮

在大地上

轰轰地滚动着，滚动着。

翻山过水，

日夜奔跑，

路上的土堆压平了，

土堆上的石子碾碎了

忽然——从那边，
从那腐烂了的草丛里，
跳出一只螳螂。
威风凛凛，
像一个全副武装的大将，
摆出挑战地姿势：
挺起胸膛
伸出臂膀
螳螂——吱吱地叫着
它喊："喂！车轮呀，
站住！……
不准你从我这儿过。"

车上的主人——人民
笑着回答：
"唉！
我的勇敢的螳螂将军呀，
你那样瘦□的臂膀，
就能挡住
我的千斤车轮吗？
能够吗？
说：
"你的老祖父挡不住，
你的爸爸也挡不住，
而你这可怜的小东西
就能挡住吗？

说！"

螳螂将军发脾气了
两根长须翘起
两只金鱼般的圆眼珠子
烧在怒火里
露出凶恶的牙齿，
一面跳，
一面向四野叫：
"癞蛤蟆哥哥！
快奔来呀，
蚂蚁弟弟！
快跑来呀……"
来了……都来了
摇摇摆摆地
一个跟着一个地

看大车轮底马达响了
开过去！开过去……
一切草刺都被压倒
所有草刺里的害虫
都完蛋了，都碾死了

和平民主的大车轮
在大地上
轰轰地滚动着，滚动着

翻山过水

日夜奔跑

　　　　　　三月十日深夜

（《晋察冀日报》1946年3月17日，《每周增刊》副刊第7期）

一个平凡的农妇

王炜

这是一个美好的农家

一所草屋

修盖在村外的白杨树边

一条明静的小河

快活地奔绕在它的脚下

这家的主妇是这样的好

每当傍晚的云霞

抹红了白杨的尖梢

她就把院落打扫

她的丈夫当八路军去了

他走的时候

她曾经在大会上把他欢送

离别给予她很大苦痛

她可平静地抑制着自己

从不对人哭诉一声

她把那个亲爱的小乖乖
小心地扶养
盼望他成人长大
她机智地躲过了敌人的残杀
勤劳地料理着自己的家

她和男人拨工
把土地精细地耕种
她和姑娘们坐在白杨林边
把纺车在笑语中轻快地转动

她学习比别人认真
在淡黄的麻油灯下
她偷偷地给丈夫写信
没有什么拖尾巴的话
只是说村中照顾的好
叫他不要挂念她娘俩

她的勤劳、和蔼、美丽和冷静
取得了全村人的尊敬
年轻的姑娘们
都愿意和她在一起玩笑
男人们都对她很有礼貌

(《晋察冀日报》1946年3月17日,《每周增刊》副刊第7期)

不眠之夜

张岱

十□□□□气，
太阳像一匹金色的马，
驰回西山去了。
从黄昏的旷野，
传来了紧急的情报，
敌人又□□马家庄。

村里的人们，
都抱着个沉痛的记忆。
十一月的中旬，
敌人夜袭了发旺沟。

是谁敞开了衣襟，
在迷蒙的夜色里。
大声地说话儿：
"瞭哨要负责，
为了村的安全。"

村公所里，
盆火熊熊的燃烧。
村长和我在一起，
说那壮烈的故事。

"上月二十号,
是我一生难忘的日子,
东方刚刚亮,
鬼子已到我村西的山口,
我家推碾的丫头,
第一个发现了鬼子,
连声叫喊村里人,
她跑出后坡的山上,
鬼子持枪紧追赶,
翻过一山又一梁,
眼看鬼子就要追上她。
自己就跳崖死了。"

夜异常的静,
寒风像魔鬼的手爪。
抓响了纸窗。

"我那推碾的丫头,
今年才十八岁。"
村长提高了嗓子,
说出最后的话。
时间默默地流过,
值日的两位老乡,
鼾声大作了,
像是在梦中,
对日寇残暴行为的控诉。

夜渐渐地深了，
村长睡在我身边，
我也和衣地躺下，
睁着眼想那壮烈的故事，
呵！这不眠之夜，
我睁着眼想那美丽的故事。

谁家推碾的姑娘，
在寒风的天空下。
蓬乱了头发，
迷着瞌睡的眼，
伴着孤单的身影。
在碾子周围旋转。

公鸡啼叫了。
这报晓的司者，
在引颈长鸣，
告知人们黎明的□□，
要小心敌人拂晓地袭击。

这不眠之夜呵！
人们都已起来了，
我和村长在一起，
在迷蒙的晓色中，
走向村西的山梁。

重重起伏的群山，

煞似擎住天空的巨兽，
两个瞭哨的青年，
彻夜不眠的人儿，
是勇敢的村的保卫者，
挺立在群山的高峰，
像是两棵耐寒的松柏。

我和村长在一起，
跋上了群山的高峰，
瞭望远方的马家庄，
那群鬼占据的村子，
是我那可爱的家呵！

天色渐渐地亮了，
东方涌现淡紫的朝霞，
唐河在缓缓地流，
如一条洁白的丝带。
　　一九四三年十二月二十八日于涞源马庄

（《晋察冀日报》1946年3月24日，《每周增刊》副刊第8期）

我又坐上了大车

王黎

看吧！

红装素裹的打扮

大姑娘和年轻的小媳妇

小毛驴一只跟着一只

学生和商贾

背着行李，包袱

穿着老羊皮袄的老乡

爬上山去

老头儿和小孩

咯咯的笑声

急燥地喘息

汗珠湿透了额角

这是一个温暖的季节

群众

像潮水一样地起伏

汹涌在八达岭的高峰上

人民在祖国的心脏里

跳跃着

歌唱着

我从十四年的窒息里

换过一口气来

岔道！

让我知道你古朴的面庞

你这自由的城堡

把行人引进

晋察冀边区

这人民的天地啊

到处有

人民地呼喊

人民的哨卫

到处是

人民的队伍

人民的买卖

人民的政府

人民在自由地往来

人民在自由地谈论

人民在自由地生产

人民在自由地过活

我伸开我的拳头

我挺起我的胸脯

我浑身使劲地

呼吸着这——

伟大人民的自由

骏马成群地奔驰

大车成排地急驶

恬静的村庄

蜿蜒的小河

妈妈说：

这个真像到了咱家

我们又坐上了大车

十四年没尝着这滋味了

妹妹说：

咱们小时跟妈上姥家

就是坐着这样的大车

我们变成了童年的孩子

向着妈妈说长道短

我们看天

天是特别高了

大地已经有点绿了

我们看太阳

太阳离我们更近了

我们看路上

后头的伙伴仍络绎不绝哩!

一九四六年三月,于宣化

(《晋察冀日报》1946年3月31日,《每周增刊》副刊第9期)

春　耕

何莫

桑条青,柳条青,
"布谷""布谷"叫春耕。
扛上了镢头出了门,
望见那田地一坦平。
河里的凌冰开了冻;
冰下的流水响淙淙。
身子轻松精神爽,

东风吹着泥土阵阵香。

阵阵香,阵阵香,
扛上我这镢头好精神。
镢头本是纯钢打,
天上的娑罗做成把。
天河水浸过山样牢,
一镢头开掉九亩八。
祖先辈辈传下来,
一家人活命全靠它。

风里生,雨里长,
多少毒日头严冰霜;
天干,水打和蝗虫;
捐款租税样样凶;
衙门,主家高利贷,
杀人不见血出来。
穷不死来饿不死,
哼!到底把乾坤扭转来!

今儿个,抬起了头来伸直了腰,
今儿个,到底进出了命一条。
贪官、污吏、狗腿子,
刻薄成家的老爷们,
今天啊,都变了哭流拔涕的松娃子,
哈哈哈,你们的衙门在哪里?!
你们的队伍在哪里?!

我们的天地，
政府军队，都是咱们自己的。

自己的！不容易，
一滴滴的血汗换来的，
血战八年，靠咱们毛主席，
靠他给咱们出主意。
变工队，合作社，
省工赚钱的好东西，
铁桶农会团结牢，
怕哪个王八蛋不讲理！

开下了渠，打下了井，
选下了种子积下了粪，
人顶牛角，牛顶象，
一阵春雨到处忙，
麦满仓，米满仓，
公鸡肥来母猪壮，
只等它一阵西风一阵秋，
你看吧，满地里黄金沉沉地随风荡。

二月十日

（《晋察冀日报》1946 年 3 月 31 日，《每周增刊》副刊第 9 期）